아이와 세계를 걷다 2

오스칼

https://brunch.co.kr/@kal-jaroo

발 행 | 2021-04-20

저 자 | 오스칼

펴낸이 | 한건희

펴낸곳 | 주식회사 부크크

출판사등록 | 2014.07.15(제2014-16호)

주 소 | 서울 금천구 가산디지털1로 119, A동 305호

전 화 | 1670 - 8316

이메일 | info@bookk.co.kr

ISBN | 979-11-372-4308-8

본 책은 브런치 POD 출판물입니다.

https://brunch.co.kr

www.bookk.co.kr

아이와
세계를
걷다2

러시아, 미국 서부, 캐나다, 미국 동부 여행기

오스칼 지음

CONTENT

여행을 꿈꾸고 갈망하는 당신에게 소개합니다.

세상 밖으로 떠나는 관문이 굳게 닫힌 지금.

공항의 낯선 사람들이 가지고 있는 공기와

내가 사는 도시를 떠나 만나는 수많은 거리와 가게와 사람이

그리워지는 때입니다.

잠시 멈춰있는 여행의 시계가 다시 돌아가기를 빌며,

식어가고 있는 여행의 온기가 되살아나길 빌며,

아이와 함께했던 여행의 순간을 남겨봅니다.

여행에서 만난 소소한 일상과 거대한 역사와 문화의

교차점이 그리는 삶의 궤적을 기록해봅니다.

우리가 걸었던 두 번째 이야기를 전하게 되어 기쁩니다.

이 글이 소중한 누군가와 함께 떠나는 여행의 준비에서

또 여행의 위안에서 좋은 그늘이 되길 소망해봅니다.

우리의 여행이 계속 되길 꿈꿔봅니다.

그리고

함께 여행의 시선을 맞추고 설렘을 나눴던 아내와

온전한 여행의 안식처가 되어줬던 어머니

그리고 해맑은 웃음과 궁금증으로 기쁨을 준 아이에게

이 글을 전합니다.

아이와 다시 긴 여행의 시작

세상 밖 여행이 다시 되기를 소망하며

전 세계가 코로나19 바이러스의 대유행으로 인해 한 번도 겪지 못한 일들을 겪어내고 있다. 불과 1여 년 전만 하더라도 상상하지 못했던 생활 속에서 많은 사람이 고통받고 고통을 감내하는 삶을 살아야 했다. 일상에서 사람들을 마주 볼 때 마스크를 쓰지 않은 모습은 생각하기 어려워서 마스크를 벗은 본 얼굴은 어떤지 눈, 코, 입의 조화는 어떤지 얼핏 본 맨 얼굴의 상대방에게 낯섦을 느끼곤 했다. 일상이 이러니 내가 살고 있는 도시 안에서 거의 모든 시간이 소비되고 어딘가를 간다는 것은 용기와 염려를 필요로 하는 일이 되어버렸다. 코로나19로 인해 여행이라는 일상의 영역에 있던 글자는 이제 언제 돌아올지 모르는 글자가 되어 추억이란 이름으로 묶여 있게 되었다.

대중 매체에서 보이던 숱한 여행지와 여행 프로그램, 국내와 해외를 가리지 않고 쏟아져 나왔던 여행 방송들은 이제 감추어진 채 우리가 생활을 영위하는 일상 공간으로 대체되었다. 여행을 좋아하고 삶의 낙으로 생각했던 나에겐 안타까운 변화이지 않을 수 없었다. 아마 여행을 좋아하는 사람이라면 떠나고 싶다는 마음 자체를 삭제된 기분이 어떤지 잘 알 것 같았다. 아무리 준비를 잘해도, 시간이 있어도 갈 수 없는 장막에 가려진 세상 밖에 대한 갈망은 지나온 여행을 들춰보면서 달랠 수밖에 없었다. 작년부터 멈추어진 여행의 시곗바늘을 언제 돌릴 수 있을지는 모르지만 하루빨리 예전으로 우리가 일상이라고 부르던 진짜 일상을 만나고 싶은 생각이 간절했다.

아내와 나는 결혼 이후 여행 계획을 쭉 세워놓았다. 처음에는 국내 여행을 많이 다니면서 아내와 이곳저곳을 둘러보는 재미를 가졌다. 그리고 세상 밖으로 눈을 돌려 아이를 임신하고 출산한 후 1년이 안 되었을 때는 가까운 홍콩, 마카오를 갔었고 그 이후 오키나와, 중국 동부, 일본 큐슈, 필리핀 등 우리나라에서 멀지 않은 지역들을 여행하면서 갓난아기였던 아이를 데리고 다니기 시작했다. 여행을 다니면서 아이도 서서히 크기 시작했고 몇 번의 경험을 바탕으로 용기를 내어 도전하는 마음으로 장거리 여행을 계획하기 시작했다.

우리의 여행 스타일은 무조건 자유 여행이니 우리가 비행기, 숙소, 현지 식당, 현지 이동수단, 관광지 예약 등 모든 것을 준비해서 가야만 했다. 장거리 여행 계획을 짤 때 여행지와 전체적인 이동 루트와 먹어볼 음식과 구경할 곳 등은 내가 주도적으로 아이디어를 내서 정하고 그 세세한 곳을 아내가 챙겨서 만들어 갔다. 그래서 각종 예약은 아내 몫이 되었고, 여행 가서 아이를 데리고 다니는 것은 내 몫으로 나뉘게 되었다.

아이와 함께하는 여행이었기 때문에 언제나 아이의 건강과 안전을 신경 쓰지 않을 수 없었다. 그래서 여행 가기 전에 소아과에 가서 소화제, 해열제 등을 처방받고 유의사항을 듣고 준비했다. 아이 짐을 챙길 때는 최대한 현지에서 세탁을 할 예정이었기에 옷은 많이 챙기지 않았다. 사실 옷 때문에 짐의 부피가 늘어나기에 옷을 적당히 3 벌 정도만 챙겨도 2~3주 여행을 다니는 데에는 무리가 없었다. 지

난 터키와 그리스에서 어머니와 함께 했던 여행과 그다음에 나와 아내, 아이 셋이서 떠났던 영국, 아일랜드, 프랑스, 이탈리아 여행은 생각지 못한 지출이 생기긴 했지만 전반적으로 매우 순조롭고 서로의 역할 분담이 잘 되어 성공적으로 마칠 수 있었다. 이런 여행 경험을 바탕으로 또 장거리 여행을 계획하여 떠났는데 영어를 좋아하는 아내에겐 1순위로 가고 싶었던 나라가 미국, 캐나다였다.

미국과 캐나다는 나에겐 익숙하긴 하지만 그렇게 가고 싶다고 느낀 나라들은 아니었다. 할리우드와 뉴욕, LA 등 세계 대중 매체를 지배하고 있는 장소들이지만 그것보다는 문화와 역사가 오랜 시간 쌓아 올려진 유럽이나 아시아 대륙에 더 관심이 갔기 때문이다. 물론 북미 대륙도 그들의 역사와 우리가 알지 못하는 사람들의 행적들이 있었겠지만 말이다. 본래 스페인, 포르투갈, 모로코를 갈 계획이었지만 아내의 뜻에 따라 변경해서 미국, 캐나다를 가게 되었고 이는 코로나19로 인해 전 세계 여행과 하늘길이 막힌 현재에 마지막으로 방문한 해외 여행지가 되었다.

미국은 대개 미 서부와 동부를 나눠서 여행하지만 우리의 여행 리스트에는 많은 나라가 대기하고 있었기 때문에 일단 한 번만 방문한다는 생각으로 많은 곳을 집어넣었다. LA에서 시작해서 라스베이거스, 그랜드캐니언을 거쳐 캐나다 토론토를 간 다음에 나이아가라 폭포를 둘러보고 그곳에서 국경을 넘어와 미국 워싱턴, 뉴욕, 보스턴을 방문하는 코스로 정했다. 그리고 뉴욕에서 우리나라로 돌아왔다. 이

4

렇게 하니 16일 정도의 여행 일이 잡혔다. 미국을 한 번도 방문하지 못한 것은 어머니도 마찬가지여서 이번 여행은 4명이 함께 움직였다. 역시 각자의 역할 아래 추억 가득한 여행이 되고 무사히 돌아와서 다행인 여행이었다. 우리가 북미대륙에 있을 때 대한민국에는 코로나19 감염 환자가 발생하기 시작했지만 그때는 세계가 이렇게 되리라 아무도 생각하지 못했고, 미국 안에서도 그에 대한 소식을 거의 들을 수 없었다. 마스크를 쓰지 않는 것이 이상해 보이는 일상이 될 줄은 상상도 못 하던 때였다.

장거리 여행을 가기 전에 단둘이 아이와 여행을 떠났다. 러시아 블라디보스토크로 짧지만 둘만의 추억을 가득 만들었던 여행이 있었다. 명절 연휴를 틈타 하늘 높았던 가을에 연해주의 바람을 맞으며 아이와 둘이서 아르바트 거리를 걷고 샤슬릭을 먹고 아늑한 게스트하우스의 방에서 함께 잠을 청했던 기억을 남겨본다. 아직 유치원을 다니고 있던 아이를 데리고 나도 처음 가보는 러시아를 단둘이 가는 것이 내 딴에는 준비된 용기가 필요했는데 이 또한 행복한 기억을 잔뜩 만들어 올 수 있었음에 감사함을 전한다.

소소한 일상을 기록하고 그 너머 거대한 역사와 문화를 바라보는 삶의 궤적을 남겨보는 기쁨이 다시 느껴지는 때가 어서 오길 바란다. 잠시 멈추어진 여행의 시계가 다시 흘러가는 때가 오길 빌며 아이와 다시 긴 여행을 떠난 기록을 남긴다.

만 5살 아이와 단둘이 여권 챙겨서 나가기

오래간만에 찾아온 명절의 황금연휴였다. 가을의 청명한 하늘에 화창함까지 더해져서 여행 가기에는 더할 나위 없이 좋은 날씨가 계속되었다. 여행의 절반은 날씨인데 그 행운 가득한 순간에 몸이 근질근질했다. 이번 추석 연휴에 시간이 조금 더 있어서 뭘 할지 고민하다 연휴 한 달 전에 카페에 앉아 커피를 마시며 무심코 아내에게 아이랑 단둘이 여행을 다녀올까라고 물음표를 던졌다.

아내는 뜬금없어하면서 내가 아이랑 둘이 여행을 다녀온다고 하니 응원하며 다녀오라고 했다. 아이에게도 물어보니 유치원을 안 갈 수 있는 기회라고 생각했는지 대찬성했다. 그래서 일사천리로 여행 계획이 잡히고 나와 아이는 추석 연휴를 친척 집을 전전하는 것이 아니라 해외를 나가기로 했다. 아내와 아이가 이렇게 떨어져 여행을 가본 적이 없었고 국내 여행도 아내를 빼놓고 아이와 단둘이 다녀본 적이 없어서 그나마 쉽게 국내를 가볼까 싶었지만 추석 연휴에는 우리나라 고속도로 곳곳이 막히고 사람도 많을 것 같고 영업을 안 하는 곳도 있어서 바로 해외를 나가기로 정했다.

어디를 갈까 고민하면서 세계 지도를 보니 일단 아이가 나이 어려 안전하고 음식도 괜찮으면서 내가 응급상황이 생겼을 시에 대처할 수 있는 나라여야 했다. 그리고 거리도 멀지 않고 여행 경비가 많이 들지 않는 나라여야 했다. 중국은 비자를 받아야 되니 패스, 일본은 작년에 가족 여행으로 다녀왔기에 패스했다. 사실 일본은 내가 대학 시절 유학했던 곳이라 대화도 잘 통하고 음식도 입에 맞으며 응급

상황이 생겼을 때 대처하기도 쉬웠지만 연속해서 가기에는 마음이 내키질 않았다. 그렇다고 우리나라 밑에 있는 대만의 타이베이는 지금 가기에는 날씨가 더웠고 동남아는 더 더웠고 아이랑 둘이서 가기에는 부담이 되어 결국 선택을 한 것이 러시아 블라디보스토크였다.

출국 전 인천 국제공항에서 아이

블라디보스토크는 우리나라에서 가장 가까운 유럽이라고 알려져 있는 도시로 크기도 크지 않아 여유롭게 둘러볼 수 있을 것 같았다. 하지만 결정하고 난 다음에 내심 불안함을 가질 수밖에 없었는데 나는 러시아어를 한 마디도 하지 못하고 러시아를 가본 적도 없어서 여행 배경 지식이 전무했기 때문이다. 혼자 가는 것도 아니고 어린 아이를 데리고 가는 거라 과연 잘 데리고 다닐 수 있을까 하는 걱정도 되었다.

어쨌든 그전부터 나와 아이는 까불이 팀이라는 이름으로 3명밖에 안되는 가족 안에서 작은 유닛으로 활동하고 있었기에 3박 4일, 까불이 팀의 러시아 여행이 결정된 것이다. 그리고 결정한 이후로 러시아 블라디보스토크 관련된 여행 글도 읽어보고 다큐, 여행 방송 프로그램도 보면서 감을 익혀갔다. 러시아어는 핸드폰에 통역 어플을 깔아서 활용하기로 했다. 안되면 잇몸으로 부딪히면 되니까 하는 심정이 컸다. 아이는 다소 걱정을 안고 있던 나와는 다르게 여행 가기 전날까지 엄청 들떠 있어서 신나 했다. 아내도 걱정은 되었겠지만 내가 잘 챙기리라 생각해서 딱히 염려하지 않고 혼자 있을 연휴에 어떻게 보낼지 계획을 세웠다. 이렇게 정말로 유치원생인 아이와 둘만 가는 출국이 다가왔다.

블라디보스토크 입성

2019년 9월 9일(1일째)-블라디보스토크 국제공항, 시가지

비행기 시간은 새벽에 떠나서 아침에 도착하는 황금 같은 시간대를 가지고 있었다. 집에서 인천공항까지는 리무진 버스로 3시간 이상 걸리니 다들 밤을 새우고 새벽에 내가 아내 차를 운전해서 리무진 터미널로 왔다. 깜깜하고 적막만 흐르는 월요일 새벽의 밤거리는 우리를 곧게 뻗은 도로를 달릴 수 있게 준비해주었다. 조금씩 비가 내리고 있었지만 우려할 정도는 아니었다. 공항 가는 리무진 버스 터미널에서 다 같이 버스를 기다렸다. 아이는 집 떠날 때까지만 괜찮다가 엄마랑 떨어지기 싫다고 하면서 끝내 울음을 터트렸다. 우리 가족의 이별 아닌 이별이 3박 4일간 시작됨을 느꼈다. 눈물을 뚝뚝 흐르는 아이를 달래고 아내와 작별 인사를 한 다음 버스에 짐을 싣고 우린 버스에 올라 자리에 앉았다. 시간이 되자 우리를 태운 버스는 또 새벽길을 훔치며 인천 국제공항을 향해 달리기 시작했다. 훌쩍이던 아이는 새벽까지 깨어있던 것이 피곤했는지 이내 깊은 잠에 빠져 소리 없이 잠만 잤다. 3시간여를 달린 버스가 멈추고 인천 국제공항에 도착했다.

블라디보스토크 공항 도착

추석 연휴가 시작되기 전 월요일이지만 휴가를 낸 사람들이 있는지 생각보단 사람들이 있었다. 하지만 평소 휴가철보다는 훨씬 적어서 오래 기다리지 않고 바로 출국 수속을 할 수 있었다. 탑승 시간까지 많이 여유롭지는 않아서 셀프 체크인으로 티켓 발권을 하고 잠이 덜 깬 아이를 안고 수속을 마쳤다. 짐을 수화물로 부치지 않는 저렴한 티켓이어서 딱히 수속이라고 할 것도 없었다. 아이는 깨고 난 다음 피곤해하면서 칭얼대고 엄마를 몇 번 찾았지만 이내 여행을 간다는 사실에 적응해 출국장에 들어와서는 같이 음식점에 가서 곰탕 한 그 릇 나눠 밥도 먹고 양치도 하고 무사히 비행기를 탔다. 그전에 동생 이 준 면세점 상품권으로 아이에게 줄 치즈 맛 소시지를 20개나 샀 다. 아이의 소울 푸드인 이 소시지가 여행 내내 큰 힘을 발휘했다. 비행기를 보니 아이도 신났는지 다소 흥분된 모습으로 씩씩하게 비 행기에 탔다.

블라디보스토크 1막에서 하진

우리를 태운 비행기는 3시간 만에 만나는 유럽, 블라디보스토크에 무사히 안착했다. 비행기에서도 내내 졸다가 블라디보스토크에 도착해서 겨우 비몽사몽 아이는 깨어났다. 오전 10시의 블라디보스토크는 미세먼지 하나 없이 정말 맑고 좋았다. 이때 태풍이 온다는 소식 때문에 출발하기 전부터 비행기가 잘 뜰 수 있을까 염려했었는데 이미 태풍은 전날 지나갔는지 푸른 연해주의 하늘을 보이고 있었다. 어린아이라서 그런지 무뚝뚝하다는 러시아 사람들 모두 아이의 '스파시바'(Спасибо, 감사합니다)하는 말에 미소를 지어 보냈다. 입국 수속이 다소 늦어져서 공항을 빠져나오니 우리가 타려고 계획한 시내까지 들어가는 공항 철도 기차 출발 시간까지 20여 분 남았다. 러시아 돈인 루블이 1원도 없는 상황이라 환전을 해야 해서 먼저 공항 환전소에 들렀는데 줄도 꽤 길고 인터넷 후기를 읽어보니 환전하는데 조금 깐깐하다 하여 오래 걸리는 경우가 있다 해서 시간상 별수 없이 환전하지 않은 채로 시내로 나가기로 했다. 카드로 기차표를 발권하는데 아이는 나이가 만 5살이라 안내도 될 줄 알고 내 것만 하고 들어가려는데 역무원이 어린이 요금을 내야 한다고 해서 다시 발권했다. 그런데 그때 내 것도 다시 발권해줘서 매표소 직원에게 말했더니 고민 없이 현금으로 표 값을 바로 거슬러줬다. 기차를 타자 한 시간이 안 걸려 블라디보스토크역에 도착했다.

시베리아 횡단 열차의 시작이자 끝

기차 안에서 바라본 풍경은 우리나라보다 훨씬 북쪽에 있는 도시라고는 생각되지 않게 수영하는 사람들도 보였고 굉장히 화창해 초여름 같았다. 기차를 타고 가는 동안 아이는 소시지를 2개나 먹었다. 나오니 햇살이 정말 강렬하고 날씨가 구름 한 점 없이 화창했다. 먼저 근처에 있어서 찍어놓은 시베리아 횡단 열차 기념비, 레닌 동상을 차례로 본 후 아르바트 거리의 환전소를 향해 걸었다. 레닌 동상을 보니 이곳이 사회주의 국가 소련의 후예라는 게 실감 났다. 블라디보스토크는 세계 최장 길이를 자랑하는 시베리아 횡단 열차의 처음이자 끝인 도시이다. 그러기에 우리가 내렸던 역 옆에 횡단 열차를 타는 역이 있어 진정한 여행객들이 발걸음을 오가고 있었다. 거리를 걷는데 단 3시간 만에 만나는 유럽이라는 홍보 문구 때문인지 유럽의 느낌은 났다. 러시아가 유럽이니 당연히 그렇겠지만 유럽풍 건물 외에도 소련 시절에 지어진 건물도 많아 투박하면서 각이 잡혀 있는 소비에트 분위기도 많이 났다.

다소 이색한 러시아 식사

다소 덥게 느껴지는 강렬한 햇빛 아래 아이도 완전히 잠에서 깨고 소시지로 에너지를 충전해 씩씩하게 잘 다녔다. 아르바트 거리 중심가에 있는 환전소에서 환전 300달러를 하고 바로 밥을 먹기 위해 생각해 놓은 식당으로 갔는데 인터넷 지도에는 왔다고 되었는데 안 보이는 것이었다. 아이와 함께 계속 두리번거리다가 혹시 해서 지하 계단으로 내려가니 그 가게가 맞았다. 러시아어로만 적혀 있어서 긴가민가하고 일단 내려갔는데 운 좋게 찾을 수 있었다. 자리를 안내받고 어떻게 음식을 시킬지 내심 걱정하고 있었는데 그림이 있는 메뉴판을 줘서 알아보기 쉬웠다. 그리고 관광객이 많이 오나 영어로도 적혀 있어서 보는데 무리가 없었다. 잘 모르지만 일단 샐러드, 요거트, 감자요리, 호박 팬케이크, 으깬 고기 등 먹을만한 것으로 시켜보니 나쁘지 않고 만족스러웠는데 그 가게가 그랬을 수도 있지만 러시아 음식이 전체적으로 짰다. 그래도 아이와 나는 배고프기도 하고 식재료가 건강한 식단으로 짜여 맛있게 식사를 마치고 나왔다.

숙소에 가기 전 물을 사야 할 것 같아 아르바트 거리에 있는 슈퍼에서 물을 샀는데 알고 보니 스파클링이었다. 러시아어를 읽지 못해 그저 물인 줄 알고 샀는데 탄산수였던 것이다. 나도 먹고 황당했지만 탄산수를 먹지 못하는 아이는 한 입 먹고는 질색을 했다. 그 탄산을 빼려고 몇 번 흔들었다가 뚜껑을 잠갔다 풀었다를 반복했지만 탄산의 미묘한 맛은 사라지지 않고 남아 있었다. 러시아어를 제대로 읽지 못한 우리의 실수였다. 정확히는 나의 실수였다.

푸니쿨라를 타고 오르다

2019년 9월 9일(1일째)-푸니쿨라, 독수리 전망대

숙소는 게스트하우스인데 번화가인 아르바트 거리에 있어서 이동하기 쉽다고 해서 골랐다. 거리 사이의 골목길에 있어서 바로 찾지 못하고 근처에서 또 조금 헤맨 다음 더 들어가 찾았다. 체크인을 하고 방을 안내받았는데 사진으로 본 그대로였다. 정말 이층 침대만 하나 덩그러니 있었다. 깔끔해 보이는 방이었지만 하룻밤 6-7만 원 가격을 생각하면 싸진 않았다. 화장실이나 샤워실은 공용으로 써야 했다. 그래도 우리 방 옆에 붙어 있었고 우리 둘이서만 쓰는 방이기에 만족하기로 했다. 완전 시내에 있고 밤늦게까지 다녀도 안전하니 열심히 추억을 만들기로 했다. 어쨌든 날씨가 너무 좋아서 아이와 독수리 전망대로 가기로 했다. 내일은 흐리다는 예보가 있었고 모레는 아예 숙소 반대 방향을 구경하는 날이라 우리 같은 뚜벅이들에게는 날씨와 동선이 매우 중요했다. 걸어가는 발걸음을 따라 햇볕이 따사로워서 중간에 러시아 햄버거 가게에서 아이스크림도 먹고 다시 걸어서 푸니쿨라를 타러 갔다.

아담하고 포근했던 우리 숙소

독수리 전망대에서

푸니쿨라는 독수리 전망대까지 연결되는 경사진 전차였는데 아이에게 태워주면 좋아할 거라는 확신으로 여행에 넣었던 나의 야심작이었다. 역시 아이는 처음에 경사면을 타고 올라가며 흔들리는 전차를 처음 타봐서 무서워 했지만 그 작은 스릴을 즐기며 잘 탔다. 내려서 전망대 구경했는데 독수리 전망대에서는 블라디보스토크의 금각교 (졸로토이 다리)를 축으로 시내가 시원스럽게 보였다. 러시아의 샌프란시스코라고도 불린다는데 꼭 그 느낌이 났다. 전망대에서 함께 전경을 감상하고 사진도 찍다가 다시 시내로 내려가려고 푸니쿨라를 타러 갔다. 그런데 아이가 너무 좋아해서 한 번 더 왕복으로 탔다. 손님도 거의 없어서 내려올 때 한 번은 요금 받는 분과 오직 우리 둘만 탔다. 편도 1회 타는데 둘이 28루블(500원)이라 부담이 없어서 여러 번 탔다. 내려서 다시 숙소로 오는데 아이가 조금 힘들어해서 한참 목마 태우고 안아주고 하면서 걸었다.

19

푸니쿨라 마리아

숙소에서 손만 씻고 바로 근처 식당에서 저녁 식사를 했다. 굴라쉬 (러시아 매운 수프), 송아지 스테이크, 게살 샐러드, 딸기 셰이크 등 을 주문했는데 못 먹어 본 송아지 요리가 있고 자리도 자유롭게 앉 아서 아이와 편하게 식사할 수 있어 가격이 총 2,200루블 나왔는데 팁을 500루블 드렸다. 아이는 먹다가 졸려 해서 결국 잠이 들어버 렸다. 그래서 결국 고대하던 디저트는 못 먹고 숙소에 와서 씻었다.

다행히 우리가 이용할 때 아무도 없어서 편하게 샤워장을 이용할 수 있었다. 이때 바닥이 조금 미끄러워 정강이를 세게 부딪혔는데 한국으로 돌아와서도 한동안 멍이 들어있었다. 씻고 나서 다들 여유롭게 쉬었는데 아이는 소시지를 까먹으면서 만화 영상을 신나게 보았다. 만족했던 하루였는데 단 하나 공공장소에서 화장실을 쓸 때 아이 혼자만 둘 수 없어서 내가 화장실을 사용할 때에도 안까지 계속 같이 다니니 아이가 고역이었다.

밥 먹다가 잠든 아이

시베리아의 끝, 연해주의 중심에서

2019년 9월 10일(2일째)-연해주 박물관, 혁명 광장,
잠수함 박물관

여행의 설렘을 안고 다소 늦은 아침이 될 때까지 우리 둘은 꿈나라를 헤매고 있었다. 누군가 문을 타닥타닥 두드려서 황급히 핸드폰 시간을 보니 오전 10시 30분이었다. 벌떡 일어나서 문을 열고 나가보니 게스트하우스 관계자가 이민국에서 확인할 숙소 증명서를 주려고 한 것이다. 러시아어는커녕 영어도 능숙하지 못한 나는 일단 받고 이게 뭔지 천천히 해석을 해서 알아냈다. 좁은 창문을 바라보니 이미 밖은 화창했다. 사실 아침 6시가 조금 지나서 일어났었다. 전날 푹 잤는지 말끔하고 개운했지만 일어나기 싫어 뒤적뒤적하다가 선잠을 든 것이다. 자기 전에 더워서 침대 머리맡에 있는 작은 선풍기를 틀고 잤는데 탈탈거리는 소리가 시끄러웠지만 덕분에 더운 것도 모르고 꿀잠을 잤다. 완전히 일어난 김에 아이도 깨우고 서둘러 아침 먹으러 나갈 준비를 했다.

그전에 화장실이 바로 옆에 붙어 있어서 화장실 간다고 아이한테 말하고 문을 닫고 나갔는데 돌아오니 아이가 울상이 되어 나를 나무랐다. 너무 오래 있다 왔다고 아빠 기다렸다고 말이다. 아빠는 똥 대장이라고 했다. 본인도 오줌이 마려운데 아빠가 늦게 오니 계속 오래 참기가 힘들었나 보다. 미안하다고 사과를 하고 가져온 오줌통에 싸게 하니 거의 가득 차게 쌌다. 정말이지 너무 미안했다.

팬케이크와 아색한 손실

둘 다 세수만 한 뒤 옷을 갈아입고 나온 아르바트 거리는 사람들도 여유를 즐기고 있었고 상쾌한 바닷바람에 기분이 좋아졌다. 평일 아침이 주는 편안함이었다. 흐리다고 했는데 구름만 조금 있는 날씨여서 다행이었다. 그리고 불어오는 바람도 시원해 어제보다 걷기 좋은 날씨였다. 아이가 팬케이크를 먹고 싶다 해서 거리에 있는 유명한 가게로 갔다. 이미 자리가 만석이었지만 조금 기다리자 바로 자리가 났다. 견과류가 들어간 팬케이크와 게살과 채소가 들어간 팬케이크, 햄이 들어간 팬케이크 총 3개와 마실 것으로 나는 카페 라테, 아이는 오렌지 주스를 마시고 싶었지만 팔지 않아 체리 주스를 주문했다.

맛있게 쓱쓱 먹고 난 후 다시 숙소에 와서 양치를 하러 나갔다. 숙소가 거리에 있으니 오고 가기가 편했다. 그런데 양치하러 갔을 때 수도 고장 났다고 숙소 화장실에 물이 안 나온다는 것이다. 그래서 별수 없이 리셉션 건물로 가서 양치했다. 직원들이 사는 곳 같았는데 무사히 양치를 끝내고 오늘 중으로 고쳐지냐고 물으니 아닐 거라고 했다. 이따가 샤워는 어떻게 하지라는 생각이 들었지만 그런 걱정은 돌아와서 하기로 했다.

연해주 박물관 최립

걱정을 뒤로하고 먼저 연해주 박물관으로 가서 구경하기로 했다. 어른 400루블, 아이 200루블인데 나중에 찾아보니 나이가 어려서 안 내도 될 걸 괜히 냈다. 그래도 발해 유적이 전시되고 있어서 그 관람에 의의를 두었다. 우리나라에서는 다소 빛을 보지 못하고 있는 왕국인 발해가 이 지역을 호령했던 나라이기에 1층에 발해 유적이 꽤 있었다. 아이 요금은 발해 유적 발굴을 위한 감사로 스스로 생각하며 위안을 삼았다. 아이는 예전 여행 다닐 때와 다르게 각종 유물

25

을 신기해하며 나에게 설명도 하고 즐겁게 구경한 후 잠수함 박물관으로 걸어갔다. 가는 길에 아이가 물이 마시고 싶었는데 나의 실수로 어제 산 탄산수가 문제였다. 탄산을 뺀다고 뺐는데 미미하게 있는걸 아이가 싫어서 못 먹겠다고 하는 것이었다. 그래도 아이는 짜증 한 번 안 내고 "으, 못 마시겠다."하며 웃었다. 계속 물도 못 마시고 잠수함 박물관 가는 길에 보이는 가게에서 사자고 하면서 걸었는데 발견하지 못하고 비둘기가 많았던 혁명 광장을 지나 결국 물은 사지 못한 채로 잠수함 박물관까지 걸어왔다.

잠수함 박물관 관람

잠수함은 제2차 세계 대전 당시 맹활약한 S-56 잠수함으로 러시아 해군의 제2차 세계 대전 참전 기념비와 영원의 불이 있었다. 활용되었던 잠수함을 그대로 전시한 거라 크기는 다소 작아도 아이가 즐기기에 충분했다. 이때 아이는 요금이 무료인걸 알았다. 어제 기차표를 끊으라 해서 아까 갔던 박물관에서도 아이 입장권을 발권해야 하는 줄 알고 알아서 표를 샀는데 여기서는 7세라고 명확히 표시되었던 것이다. 공짜로 구경하는데 아이가 정말 좋아했다. 그 당시를 그대로 재현해 놓은 내부는 동심의 상상을 자극하기에 충분했다. 나오는 길에 기념품 샵이라고 하기에는 민망한 가판대가 작게 있어서 구경하다가 아이가 자석이 달린 보틀쉽 작은 걸 사고 싶다고 해서 샀다. 잠수함 구경을 하고 나왔는데 푸니쿨라를 또 타고 싶대서 가는 길에 육군박물관을 찍고 가기로 했다.

혁명 광장

S-56 잠수함

이국(異國)에서 맛본 민족의 맛

2019년 9월 10일(2일째)-북한 식당, 아르바트 거리

대포능 석아예치

가는 길은 바람도 시원하고 따사로웠고 중간에 놀이터가 있길래 조금 놀았으나 아이는 점점 더 목말라했다. 힘들어해서 목마 태우고 다녔다. 가다가 아이가 매의 눈으로 찾아낸 간이 슈퍼에서 우리나라 기업 로고가 붙은 물을 1병 사고 갈증을 달랬다. 간이 슈퍼는 우리나라 지하철에 있는 간이매점같이 생겼는데 도시 곳곳에 이런 간이 슈퍼가 있었다. 푸니쿨라 타러 갔는데 어제와 다르게 오늘은 만석이었다. 파란색 푸니쿨라를 타고 올라갔는데 아이는 빨간색을 타고 싶다 해서 어차피 내려가려고 기다리는 사람도 많고 하니 한 번 더 기다려서 빨간색을 탔다. 기다리는 도중에 목이 마르다해서 자판기에서 아이는 망고주스, 나는 콜라는 뽑았는데 콜라 뚜껑을 열다가 탄산이 뿜어져 나와서 아이는 그것이 인상 깊었는지 여행을 다녀오고 나서도 가끔 이 이야기를 했다. 한 차례 기다렸다 탔는데 이것도 이때 내려온 중국 단체 관광객 때문에 마지막 한 자리 겨우 탔다. 아이를 무릎에 올려서 태우고 창밖을 구경했다.

갑자기 찾아서 무작정 들어간 카페테리아

내려와서는 어제는 러시아 저녁을 즐겼으니 오늘은 북한 음식점을 가기로 했다. 어제 간 식당도 꽤 괜찮았지만 여러 식당을 다녀보자는 생각과 한국에는 없는 식당이라 북한 음식을 먹어보기로 했다. 식당으로 걸어가는 길의 경치가 예뻐서 사진 찍으니 아이가 엄마 보여주고 싶다고 자기도 사진 찍겠다고 하면서 찍었다. 이렇게 가족을 생각하는 마음이 생긴 나이가 되었다니 새삼 아이가 컸다는 것을 실감했다. 가는 길 중간에 공원 놀이터가 있어서 조금 놀았다. 이 도시에는 작은 공원, 놀이터가 정말 많았다. 러시아 아이들 틈에 껴서 다소 위험하면서도 신나게 놀다가 식당에 4시쯤 도착했는데 5시에 오픈한다고 해서 1시간을 밖에서 기다릴 수 없어 급히 검색을 해서 근처 카페를 가기로 했다. 어딘지 잘 모르는 곳이라 무작정 보이는 곳을 들어갔는데 완전히 현지인들이 간편하게 먹는 카페테리아 같은 곳을 들어갔다. 빵이 종류별로 있었고 그것을 본인이 골라 접시에 담고 마지막에 주스 같은 것은 주인에게 말해서 받는 방식이었다. 주인아저씨가 영어를 전혀 할 줄 몰라서 이때 통역 어플을 켜서 보여주고 말하고 하는 식으로 의사소통을 했다. 빵 2개, 조각 케이크 1개, 건포도 주스 1잔인데 다 합쳐서 4000원 정도였다. 아이는 빵과 케이크가 맛있다며 잘 먹었다. 5시가 되자 북한 식당으로 갔다.

북한 식당에서 한 끼

내부가 조금 어두워 보여 안 열었나 싶었는데 들어가니 영업하고 있었다. 내부는 생각보다 세련되게 잘해놓고 있었다. 종업원들이 전부 북한 사람으로 보였다. 응대하는 종업원들은 전부 여성이었는데 말투가 확실히 느끼기에 예스러우면서 억양이 낯설었다. 아이는 여기는 러시아인데 왜 종업원들이 한국말을 쓰는지 신기해했다. 그래서 여기는 북한 식당이고 현재 우리 민족은 남북한이 나뉘어있고 왕래가 안된다는 이야기를 해줬는데 잘 이해하지는 못했다. 가자미식해, 평양랭면(냉면), 바지락 미역국, 곰새우 소금구이를 시켰다. 가자미식

해는 약간 톡 쏘는 맛이 있었고, 랭면은 삼삼하면서 오묘한 맛, 미역국은 아이를 위해 주문했는데 역시 무난한 맛이었고 곰새우 소금구이는 내가 조금 오래 구워서 그런지 껍질이 약간 딱딱했다. 그래도 맛은 다 합격이었다. 한국인에게는 한국 입맛이 제일이라더니 다맛있게 먹고 난 후 숙소까지 걸어왔다.

물라디보스토크 해안에서 놀 줍기

아르바트 거리 끝 바다가 있어서 같이 보러 가자 해서 갔는데 아이가 작은 모래와 돌을 줍다가 백사장에 하트를 그렸다. 엄마 보여주고 싶다고 그렸단다. 그리고 엄마 선물도 사고 싶다고 했다. 마트에가서 물 2병, 레몬주스 1병, 아이스크림 2개 샀는데 내가 산 아이스크림을 아이가 홀랑 먹어버렸다. 하지만 아이가 산 팩 아이스크림은 정작 팩이 좀 찢겨있어서 불량품이라 버렸다. 샀을 때는 멀쩡했는데 조금 녹아서 찢긴 부분에서 새어 나온 것인가 아니면 내가 만지작거리며 찢겼나 모르겠지만 어쨌든 먹지 않아서 내일 다시 사준다고 했다. 씻을 준비를 하고 리셉션 건물을 가려는데 혹시나 해서 우리 방 옆에 있는 화장실 물을 틀어보니 다행히 물이 나왔다. 그래서 그 옆에 있는 샤워실 물도 틀어보니 잘 나와서 바로 아이와 함께 샤워장에 가서 샤워를 무사히 마치고 내일을 준비하며 쉬었다. 아이는 내일만 온전히 놀다가 간다고 하니 많이 아쉬워했다. 어느새 여행에 빠져서 즐길 나이가 되었나 보다. 나이와 다르게 아이는 항상 성장하고 있고 부모는 그것을 늦게 알아차리나 보다. 어제, 오늘 짜증도 안 내고 아빠가 하자는 대로 다 해주는 아이가 너무 고맙고 대견했다.

아르바트 거리

해양공원 만세!

2019년 9월 11일(3일째)-해양공원

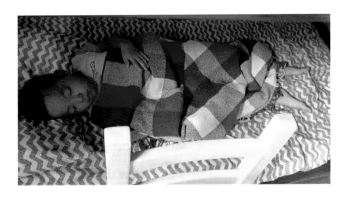

어제 푹 자고 일어나서 그런지 잠이 안 와서 아이랑 밤 11시에 끄고 누웠지만 나는 계속 핸드폰 하다가 새벽 1시가 넘어서 잠을 청했다. 어디서 단체로 왔나 게스트 하우스 로비에서 술판이 벌어져다소 시끄러운 소리도 들렸다. 침대 2층에서 잠을 자고 있는데 잠결에 소리가 나서 들어보니 1층 침대에서 쉬 마렵다고 아이가 칭얼거리면서 울먹거려서 바로 내려가서 오줌통에 싸게 했다. 아이에게 아빠 많이 불렀냐고 물어보니 만 번 불렀다고 했다. 내가 한순간 깊게잠들었나 보다. 시간을 보니 그때가 새벽 3시였다. 깜깜하니 무섭기도 하고, 혼자서는 못 일어나고 오줌을 못 쌌던 것 같다. 그 이후나는 잠이 완전 선잠으로 뒤척이다가 겨우 부스스한 얼굴로 아침 해가 활짝 올라온 9시 30분에 일어났다.

일어나니 어제보다 훨씬 선선했다. 날은 여전히 화창했다. 첫날에는 더워서 창문을 조금 열고 잤는데 오늘은 닫고 자도 될 것 같았다. 아이는 옷 갈아입으면서 집에 가기 싫고 여기서 살고 싶다고 했다. 그리고는 여기에 여행 말고 사는 사람들이 있냐고 물어봤다. 완전 여행에 적응한 모습이다. 어린이집에 안 가고 놀면서 여행이 주는 설렘과 환희에 아이도 빠져든 것 같았다.

기분 좋은 바람을 맞으며

같이 세수를 하고 아침 먹으러 나오니 바람이 조금 불었다. 그래서 아이에게 바람막이 점퍼를 입혔는데 바지는 냉장고 바지라 아이가 다리는 왜 안 돌봐주냐고 물어봤다. 다리도 조금 시린데 왜 따뜻한 바지로 안 갈아 입혀주냐는 소리였다. 아이의 표현이 너무 귀엽고 웃겼다. 일단 밖에 나왔으니 아침 식사를 하고 숙소에 돌아 가면 바지를 첫날 입었던 조금 두꺼운 바지로 갈아입기로 했다. 바로 숙소 옆에 있는 2층 카페에 가서 조각 케이크 3개랑 카페 라테, 오렌지 주스를 시켜서 먹었다. 이렇게 14,000원 정도밖에 안 했다. 생각보다 이곳 물가가 우리나라보다 저렴해서 여행 내내 식비에서 도움을 많이 받았다. 카페는 테이블도 많이 비어 있어서 여유 있게 즐길 수 있었다. 한가롭게 아침을 즐긴 후 숙소에 가서 양치를 하고 짐 챙겨서 나왔다. 바람이 다소 불어서 아이는 냉장고 바지에 아예 첫날 입은 바지를 덧입혀서 나왔다.

오르타 칼람의

그리고 아이에게 있어서는 이번 여행의 하이라이트인 해양공원 놀이
동산에 갔다. 크기는 생각보다 크지 않았지만 인구 60만 도시에 있
는 놀이동산 규모로 아기자기하게 있을 건 다 있었다. 사람들은 별
로 없고 있다면 대개 러시아 부모와 아이들이었다. 한국인은 우리만
있는 듯했다. 먼저 매표소에서 카드 충전을 하고 타는 방식이라
2,000루블(4만 원)을 충전하고 신나게 탔다. 처음에 2,000루블을 충
전해달라고 하니 매표소 직원이 놀라면서 진짜냐고 물어봤다. 아마
이렇게 많이 충전하고 타는 사람이 없어서 놀랐나 보다. 아이가 해
양공원 놀이동산에서 많은 놀이기구를 타고 싶어 해 오전에 시간을
내어 충분히 놀기로 한 거라서 마침 사람들도 별로 없으니 정말 재
미있게 놀았다.

놀이공원 전체

첫 번째로 탔던 관람차는 바람막이가 없다고 해서 해양공원 명물이라고 한국인들 사이에서는 소소하게 유명했는데 정말 타보니 가림막은커녕 안전벨트도 헐거운 오픈된 방식이라 신기하고 다소 놀라웠다. 아이는 무서워하지 않고 오히려 흥분되있는지 올라가면서 소리도 지르고 재미있어했다. 그리고 범퍼카를 타러 갔는데 우리와 러시아 아버지와 아이 해서 두 팀이 그 넓은 공간을 다 썼다. 처음에 아이가 본인이 액셀을 밟겠다고 해서 시켰는데 조종하는 법을 몰라 벽에 세게 여러 번 부딪히고 그 러시아 부자가 탄 범퍼카에도 몇 번 부딪혔다. 나도 오랜만에 탄 범퍼카라 조종이 서툴렀는데 그쪽 아버지도 그런 듯했다. 서서히 감을 익히고 왔다 갔다 하는 감을 익히니 아이도 충돌의 충격에서 벗어나 즐기기 시작했다. 이곳에서 수중 범퍼카, 회전목마, 꿀벌 비행기, 꼬마 기차, 자동차 운전 등 우리나라였으면 기다리고 기다리며 탔을 놀이기구를 기다리지도 않고 바로 타면서 여러 번 많이 탔다. 충전한 카드에서 결제되는 방식이라 잔액이 얼마 남았는지 몰라 확인하러 매표소에 가서 통역 어플을 활용해 의사소통하며 확인받아서 잔액 없이 잘 썼다. 오전 내내 놀아 시간을 보니 2시간 정도 놀이동산에서 놀았다.

어느덧 오후 1시 반이 돼서 점심 먹으러 저녁 식사로 골랐던 가게를 미리 갔다. 찾는데 좀 헷갈렸는데 여기서는 조지아식 만두랑 송아지 스테이크를 골랐다. 양고기 볶음밥도 시켰는데 이건 다소 내 입맛에 안 맞고 향이 있어서 많이 먹지는 못했다. 조지아식 만두는 잡는 부분이 있어서 이색적이면서 재미있는 맛이었다. 아이는 가리는 것 없이 잘 먹어서 다행이었지만, 종업원이 입에 맞냐고 물어봤을 때 길게 대화하기 힘들어서 웃으면서 맛있다고 하고 나왔다.

40

아이에겐 최고의 여행지, 해양공원

조식이자 만두

장난감을 위한 신을 향한 기도

2019년 9월 11일(3일째)-정교회 성당, 신한촌 기념비

장난감 선물 기도하는 아이

식사를 마치고 블라디보스토크에서 가장 큰 러시아 정교회 성당인 포크롭스키 성당을 향해 걸어갔다. 20분 정도 걸어가면서 아이는 참 많은 질문을 했다. 커다란 돌은 누가 들 수 있는지부터 시작해서 돌은 누가 만들었냐고 물었고, 하느님이 만들었다고 하니 하느님은 착한 사람이냐고 물었다. 하늘, 땅, 동물 등 모든 걸 하느님이 만들었다고 하니 그럼 예수님은 뭘 만들었냐고 물어서 사랑을 만든 분이라고 알려줬다. 사실 나도 맞는 이야기를 하고 있는지는 모르겠지만 아이의 질문에 성의껏 대답해야 한다는 것은 알았기에 질문이 있으면 대답을 주고받았다. 서로 손 잡고 이런저런 이야기를 하며 성당에 도착했고 함께 기도도 올렸다. 기도는 물론 장난감 선물을 사달라는 내용이었다.

구경한 후 나와서 신한촌 기념비를 향해 또 걸었다. 거리가 생각보다 조금 있고 오르막길도 있어서 아이가 잘 갈까 생각했는데 가면서 게임도 하고 힘들면 목마도 태우고 이야기하며 걸으니 힘들지 않게 도착했다. 이곳까지 가는 길은 한적한 주거 단지인 듯 해서 사람들도 별로 없고 조용하니 걷기 좋았다. 신한촌은 1863년부터 연해주에 조선인들이 이주하면서 조선인 마을이 형성되었는데 일제 강점기 당시 독립운동의 근거지가 되었던 장소이다. 그러나 1937년 스탈린의 강제 이주 정책으로 인해 조선인들이 떠나게 되었고 신한촌은 사라지게 되어 이를 기리고자 세운 기념비가 신한촌 기념비이다. 아이는 이 비석이 뭐냐고 물어봐서 예전 여기 우리 사람들이 살았는데 쫓겨났다고 해주고 기분이 슬프다고 하니 아이도 공감하는지 아닌지는 모르겠지만 본인도 슬프다고 했다. 깊이 있는 대화는 아니어도 이렇게 대화 자체가 오간다는 게 신기하기도 했고 한 살 한 살 더 먹어갈수록 이렇게 여행 왔을 때 점점 더 깊이 있는 대화가 오갈 수 있겠다는 기대에 아이의 성장이 기쁘고 고마웠다. 갑자기 아이는 아빠를 선생님이라고 부르고 싶다 했다. 왜냐고 물으니 착해서 그렇단다. 평소에는 절대 그런 생각을 안 했을 텐데 둘만 여행을 다니니 아이가 그렇게 느낀 것 같았다. 내가 그럼 엄마, 할머니 모두 선생님이라고 했다.

열심히 설명하는 리셋이 할머니와 다소 긴장한 아이

저녁 먹으러 갈까 마트 갈까 하니 아이는 선물이 기대된다 해서 저
녁부터 먹고 싶다 했다. 내가 아이에게 여행을 잘 따라와 준 덕분에
작은 선물을 해주겠다고 마트에 가자고 제안했었기 때문이다. 급히
검색해서 저녁 식사를 할 괜찮은 가게를 찾았다. 그리고 함께 걷고
목마도 태우고 하다 가려던 마트 근처에 있는 식당에 들어갔다. 식
당에서 포크 립, 라비올리 파스타, 단호박 수프, 참치 타다키 샐러드
를 주문하고 먹은 다음 후식으로 아이스크림을 먹었다. 맛있었는데

둘이 먹기에는 양이 다소 많아 조금 남길 수밖에 없어서 아까웠다. 웨이터가 친절히 잘 응대해줘 기쁜 마음으로 팁을 냈다.

그다음 아이가 고대하던 마트에 갔다. 바로 지하로 내려가니 식료품 장이 크게 있었다. 역시 쇼핑하려는 한국인들이 많았다. 1층으로 올라갔는데 옷가게만 있어서 3층까지 올라가니 드디어 작게나마 장난감 가게를 찾았다. 주인 할머니가 친절하지만 부담스러울 정도로 아이에게 러시아어로 장난감 설명을 해줬다. 손자에게 설명하듯이 이것저것 보여주며 설명하는데 당최 무슨 말인지 알아듣지 못하는 아이와 열심히 설명하시는 할머니의 모습에 웃음이 났다. 나는 통역 어플을 활용해 할머니와 대화를 했고 아이는 다소 긴장한 모습으로 보다가 아이언맨 로봇 레고를 골랐다. 계산을 하고 아이와 손을 잡고 숙소로 가는데 걷는 이 길이 마지막이라 생각하니 뭔가 기분이 아쉽기도 했다. 너무 완벽한 나머지 흠집을 찾고 싶어도 찾을 수 없는 여행이었다. 가보려 했던 곳도 다 가고 먹고 싶은 것도 다 먹어서 후회 없이 잘 마쳤다. 아이에게 물어보니 10점 만점에 만점이라며 아주 만족해했다.

게스트 하우스 리셉션에서 내일 아침 6시 30분에 체크 아웃한다고 말하고 예치금 500루블을 돌려받았다. 방에 와서 정리하고 샤워를 하러 갔다. 교체되었을 거라는 타월이 방에 가서 확인하니 교체되어 있지 않아서 찝찝했지만 다시 말하러 리셉션 건물까지 가기도 번거로워서 그냥 만져보니 말랐기에 다시 썼다. 매번 겹치는 사람 없이 샤워를 마치고 화장실 이용도 해서 다행이었다. 아이 데리고 같이 샤워하는데 샤워 캡 없이도 눈감고 머리 헹구는 걸 잘 참아냈다. 아까 걸을 때에도 한 번 넘어졌는데 아이는 자꾸 걸으면 튼튼해져서 자고 일어나면 더 잘 걸을 거라고 하니 뭔가 자신감을 얻었나 보다. 점점 커가는 게 눈에 보였다. 방에 남아 있는 물을 아이가 다 마셔버려서 밤 10시에 급히 옷을 입고 둘이서 거리에 있는 편의점으로 산책을 나갔는데 신이 났는지 로비에서 거울을 무대 삼아 춤사위를 벌였다. 아르바트 거리에 있는 편의점에 가서는 방앗간을 참새가 지나칠 수 없는 법이라 물과 함께 아이는 아이스크림을 사서 숙소 방에서 맛있게 까먹었다.

보그룹스카 성당 내부

희생자 기념비

스파시바! 블라디보스토크

2019년 9월 12일(4일째)-블라디보스토크 국제공항

전날에 새벽 기상이 염려되어 잠을 계속 설쳤다. 아이를 데리고 제 시간에 나가야 하는 부담감이 조금 있었나 보다. 자다깨다를 반복하다가 선잠이 든 채로 있다가 6시 10분에 맞춘 알람 소리에 바로 일어나서 미리 챙겨놓은 짐을 가방에 넣고 옷을 갈아입고 아이를 깨웠다. 하지만 아이는 꿈나라를 여행 중이라 바로 일어나지 않아서 잠이 든 채로 내가 옷을 갈아입혔다. 그 와중에 아이가 일어나서 정신이 든 상태로 씩씩하게 바로 옷을 갈아입고 나갈 준비를 했다. 6시 40분 안에 준비를 마치고 짐도 잘 챙겨서 아르바트 거리로 나왔다.

이른 아침의 블라디보스토크 시내

블라디보스토크역에서 떠나기 전

새벽 공기가 상쾌하고 거리에는 지나다니는 사람들도 없이 적막했
다. 시간이 얼마 지나지 않아 이 적막한 거리에는 다시금 왁자지껄
한 소리가 채워지겠지만 그때 우린 한국으로 돌아가는 비행기 안이
라고 생각하니 뭔가 아쉬웠다. 여명이 완전히 밝아오지 않아 약간
푸르스름한 빛이 감도는 거리에서 시원한 아침 공기를 들이마시며
공항 철도역까지 걸어가기 시작했다. 아이에게 이제 마지막이니 사

진을 찍어달라고 부탁해서 아이가 찍었는데 사람이 안에 들어가게 잘 찍어서 마음에 들었다.

공항 가는 기차 안

무엇보다 이번 여행의 일등공신은 좋은 날씨였다. 여행은 우리가 서 있는 공간과 지나가는 시간이 곱해진 느낌인데 그 8할이 날씨라고 생각한다. 내내 머릿결을 살랑거리는 바람과 따사로운 햇빛, 푸른 하늘과 같은 색의 바다가 함께여서 가는 걸음마다 좋았다. 가는 길이 마지막이라 이곳저곳 보이는 곳을 사진으로 찍었다. 서둘러 걸었던 덕분인지 제시간에 역에 도착했고 아직 발권 창구가 열리지 않아 잠깐 기다렸다. 우리 이외에도 기차를 타고 공항을 가려는 사람들이 조금 있었다. 신기하게 우리와 같이 입국했던 사람들이 몇 명 눈에 익어 우리와 같은 코스를 밟았겠구나 하는 생각이 들었다. 6시 58분이 되니 티켓 창구가 열려서 발권하고 기차를 탔다.

기차 타기 전에 기념하고자 아이와 사진을 찍었다. 이번 여행은 둘이서 한 여행이라 그런지 간 곳을 남기고자 사진을 3박 4일 여행에 비해서는 정말 많이 찍은 듯했다. 둘이 다니니 더 내밀한 감정이 생기고 챙기는 순간도 있었고 서로 의지하면서 다니게 되니 그 *끈끈함*을 사진으로 남기고 싶었나 보다. 한 시간 정도 기차를 타고 멀어지는 블라디보스토크 시내를 바라보았다. 무사히 도착해 공항 역에 내려서 출국 수속을 밟았다. 새로 단장해 세련되고 깨끗한 블라디보스토크 공항은 갈 때도 좋은 인상을 남겨주었다.

하늘길에 올라 연해주는 안녕

2019년 9월 12일(4일째)-블라디보스토크 국제공항

블라디보스토크 공항에서 출국하기 전

입국할 때 같은 비행기를 탔던 몇 명의 사람들이 있으니 멀게나마 같이 여행하고 무사히 귀국하는 것에 대해 축하했다. 아침을 먹지 않은 상태여서 공항 편의점에서 과일 요구르트 2개와 함께 그 유명한 우리나라 기업에서 생산한 도시락 라면 2개를 사서 같이 먹었다. 도시락 라면이라니 초등학생 때 먹던 생각이 나서 잠시 웃음 지어졌는데 뚜껑을 열고 편의점에서 뜨거운 물을 받아 근처 의자에 가서 앉아 먹는데 기다리는 동안 라면 안에서 풍기는 향이 한국에서 먹던 똑같은 향이라 기대감이 컸다. 뚜껑을 열고 보니 한국에서 보던 그 모습이고 맛 또한 그 맛이었다. 아이는 매울 것 같아서 시푸드 맛으로 샀는데 너무 맛있어하며 잘 먹었다. 고사리 같은 손으로 포크를 잡고 면을 집어 올려 오물거리는데 아빠랑 같이 여행 다니느라 참 여러 경험하는구나 싶었다.

러시아 국민 간식 도시락 라면

출국 수속을 마치고 출국장 안으로 들어오니 아주 작게 면세코너가 있었고 옆에 크지 않지만 아이가 놀만한 놀이터가 있었다. 아이는 거기서 놀고 나는 내일 만날 친척들에게 나눠먹을 과자 선물을 몇 개 샀다. 그리고도 환전했던 루블이 조금 남았다. 얼마 안 되지만 이건 언제가 될지는 모르지만 나중에 있을 모스크바 여행을 위해 남겨두어야겠다고 생각하며 쓰지 않았다. 이윽고 탑승 시간이 되어 비행기에 올랐다. 비행기는 이륙해 연해주를 떠났고 그렇게 아이와 함께 고개를 기웃기웃 졸면서 남쪽으로 2시간 반을 가니 반가운 인천국제공항이 보였다. 한국에 도착한 걸 안 아이는 이제 한국말을 써야 하냐고 물어봤다.

재빠른 진행으로 금세 입국 수속을 마치니 우리나라에 왔다는 게 실감 났다. 리무진 버스 티켓을 발권한 후 편의점에서 간식을 조금 사고 버스를 탔다. 돌아온 날이 명절 첫날이라 집까지 가는 길이 많이 밀린다는데 정말 밀려서 오후 1시에 탔지만 평소 같으면 5시에는 도착할 거리를 6시는커녕 7시에나 도착할 듯했다. 서울부터 엄청 밀리더니 고속도로는 가다 서다를 반복하다가 정차한 휴게소에서는 화장실만 갔다가 다음 휴게소에서는 화장실을 가려는데 웬일인지 남자 화장실 줄이 너무 길어서 일단 아이랑 주스와 핫바 하나를 사서 먹고 다시 화장실 갔다가 차에 올랐다. 5시간 이상 차를 타고 가려니 너무 지루했지만 잠에서 깬 아이는 쉴 새 없이 조잘거리고 짜증 한 번 안 냈다. 다른 곳에 들린 리무진 버스는 내가 살고 있는 도시에 도착해 반가운 나의 사랑, 아내를 만났다. 아이는 아내를 보자마자 달려가서 품에 안겼다. 여행 첫날과는 반대로 함박웃음을 지으며 안겨 여행에서 돌아왔음을 보고했다.

한국으로 가는 길

인천 국제공항 도착

4일 동안 우리는 한 팀

여행에 대한 소감을 물어봤을 때 우리가 함께 지낸 시간에 대해 자세히 이야기하는 것은 아니었으나 아이는 우리 까불이 팀의 첫 여행에 100% 만족감을 드러냈다. 나에게 게스트하우스에서 여기 사람들은 다 여행 온 사람들이냐, 아니면 여기에 살고 싶다는 이야기까지 했으니 말이다. 이 말을 했을 때 솔직히 속으로 놀랐다. 아이가 첫날 아내와 헤어질 때 닭똥 같은 눈물을 뚝뚝 흘리며 버스에 탔고 내심 나와 단둘이 있어야 하는 것을 걱정했을 텐데 말이다.

비행기 창 밖을 바라보는 아이

이번 여행은 계획한 것 이상으로 운이 좋게 다 잘 맞아주어서 무사히 끝마칠 수 있었다. 특히 날씨가 계속 화창하고 따사롭고 바람도 시원하고 좋았다. 그래서 블라디보스토크에서 우리와 같은 뚜벅이들이 여행하기에 최적이었고 아이도 이제는 많이 커서 잘 걷고 또 힘들다 해도 짜증 내지 않고 말을 잘 들었기에 언제나 웃으면서 장난치며 잘 다닐 수 있었다. 또 힘들어하면 내가 바로 목마 태워서 다니고 했으니 걷기에는 더할 나위 없이 좋았다. 여행을 가면 아이에게 항상 하는 말 중 하나가 '여행의 절반은 날씨'인데 절반 이상을 넘어 기가 막힌 날씨를 보여줬다. 블라디보스토크의 하늘은 청명하고 새파랗고 우리가 바라보기에 눈이 부실 정도였다. 햇빛 또한 그 푸른빛을 가르고 우리를 비춰주기에 충분했다. 연해주의 바다에서 불어오는 바닷바람은 걷느라 지친 우리에게 이따금 시원한 손짓으로 어루만져주었다. 노을이 진 후 밤이 되었을 때에도 밤하늘에 박힌 별들이 너무 아름다워서 자는 내내 우리를 지켜주는 듯했다.

우리 둘뿐이었기에 서로 의지했다는 것이 맞을지 모르겠다. 호기롭게 아이와 여행을 가겠다고 했지만 우리나라 나이로 6살 밖에 안된 아이를 데리고 여행을, 그것도 해외로 단둘이 자유 여행으로 가려니 막상 준비하는 과정에서 걱정된 것은 사실이었다. 아이를 돌보는 것은 기본 중의 기본이었다. 가는 곳의 치안, 음식, 기후 등 전반적으로 아이와 맞아야 했고 내가 보호자로 책임감이 더 크니 능숙하게 대처해야만 했다. 러시아는 나도 한 번도 가보지 않았고 영어는 물론이거니와 러시아어는 잼병이었기에 의사소통에서도 걱정이 컸던 것이 사실이었다. 여행 전날의 걱정과는 다르게 그래도 모든 것이 순조롭게 흘러가서 마음을 쓸어내릴 수 있었다.

그리고 평소 교육 덕분인지 아이가 인사를 너무 잘해서 가는 곳마다 사람들이 미소를 아이에게 날려 주었다. 여행은 낯선 이와 만남의 연속이다. 스치는 사람도 같이 잠깐이라도 이야기를 하게 되는 사람도 다 처음 보는 이들이었기에 이러한 만남이 여행의 색깔을 더 다채롭게 해주었다. 아이와 함께 다녀서 그런지 러시아 사람들도 아이에게도 나에게도 미소를 많이 남겨주었다. 또 생각보다 러시아 음식도 입에 맞았다. 유명한 식당은 영어로 된 메뉴판이나 사진들이 함께 있어서 고르는데 부족하지 않았다. 이런 덕분에 좋은 인상을 남기고 블라디보스토크를 떠났다.

이렇게 둘만의 여행을 언제 갈지 모르겠지만 이때의 기억이 자양분이 되어 가끔 이야기할 수 있는 추억이 되고 나중에 더 깊이 있고 멋진 여행을 만들어 갈 때 그 시작점이 되길 바래 본다.

만 5살 아이와 북미 횡단 시작

2020년 1월 13일(1일째)-LA 국제공항

아내가 그토록 고대하던 미국과 캐나다 여행의 날이 시작되었다. 나와는 다르게 영어에 관심이 높은 아내는 미국에 가본 적이 없어서 현재 세계를 주도하고 있는 대중문화의 산실에 가보고 싶어 했고 유적이나 유물이 적은 미국에 대해 관심이 없던 나도 온갖 매체에 단골로 등장하는 이 나라에 대해 관심이 생겨 여행을 가야겠다는 생각이 들었다. 그래서 정기적으로 모으던 여행 통장으로는 비용이 어림도 없어서 따로 모아두었던 자금을 털어서 여행 자금을 마련했고 여행을 준비했다.

미국 여행이라 하면 동부와 서부로 나뉘어 여행을 하지만 우리 부부는 미국 횡단을 해서 오래 있어보기로 했다. 한 달 이상 있을 수는 없고 시간과 금전 관계상 2주가 조금 넘게 계획을 짜서 가기로 했다. 방문하는 곳은 LA, 라스베이거스, 그랜드캐니언, 토론토, 나이아가라 폭포, 워싱턴, 보스턴, 뉴욕으로 정했다. 샌프란시스코와 필라델피아를 가고 싶었는데 일정을 고려할 때 뺄 수밖에 없었다. 한창 영어 영상을 보던 아이는 영어 나라에 가서 영어만 이야기를 해야 하냐고 물어봤다. 이제 엄연한 우리 가족의 일원인 아이에게도 역할을 주어 여행 기간 동안 많은 것을 시켜보기로 했다. 이렇게 나와 아내, 아이 그리고 어머니까지 해서 우리 가족은 다시금 긴 여행을 떠나게 되었다.

출국 전 인천 국제공항

몇 달간의 준비로 여행 루트를 짜고 비행기, 렌터카, 숙소 등 예약을 끝냈다. 숙소의 경우 서부에서는 숙박 공유를 이용하여 주로 다니고 동부에서는 호텔을 이용하기로 했다. 렌터카에 대해서는 여행 가기 전에 걱정이 매우 많았다. 그전까지 렌트해서 다닌 것은 일본밖에 없어서 영어권은 처음이었다. 일본은 내가 유학했던 곳이라 운전 방향이 반대임에도 불구하고 말도 능숙하고 길 찾는 것도 어렵지 않는데 미국은 총기 소지도 있고 잘할 수 있을까라는 염려도 있었는데 그래도 서부에서는 이동하려면 렌트가 제일 나으니 도전해보기로 했다. 그리고 이 선택은 매우 탁월했다. 아이가 다니는 유치원에 이야기를 해서 여행에 대해 말씀드리고, 소아과에 가서 미리 여행 중에 발생할 수 있는 감기, 기침약을 받았다. 이때 아이에게 가래가 있는 기침이 있었고, 콧물도 나오는 편이어서 사실 여행 다니며 심해지면 어쩌나 하는 걱정이 있었는데 든든하게 옷을 입고 다닌 덕분에 더 아프거나 하지는 않았다.

인천 국제공항에서 충민

여행 전날 밤 12시가 지나도 흥분되었는지 계속 장난에 잠들지 않고 업이 된 아이는 새벽이 되어 쌕쌕 자다가 아침 6시 20분경에 일어났다. 아이에게 "여행 가자. 일어나."했더니 아이가 "오케이!"하고 바로 벌떡 일어나 자리에 앉았다. 진정으로 여행을 즐길 수 있는 나이가 된 것 같았다. 작년까지만 해도 여행을 가긴 가는데 어디를 가는지도 모르고 그저 따라다니면서 집 밖을 다닌다는 생각만 했는데 이제는 어디를 가는지도 유치원에서 배운 지식을 뽐내며 어설프지만 알고 있었다. 놀라운 광경이었다. 옷을 입고 어머니를 만난 후 택시를 타고 무사히 인천 국제공항에 가는 버스터미널에 도착했다. 이미 버스 안은 우리같이 여행 가는 사람들로 바글댔다.

공항에 도착해서 수속하고 출국 심사하고 점심도 먹었다. 사진을 찍어달라고 어떤 외국 여행객 요청에 내가 찍어주는데 아이도 옆에서 같이 그 관광객과 찍고 싶다 해서 같이 찍었다. 이런 아이의 업된 기분과 모습이 다소 놀라웠다. 진짜 여행이 뭔지 알만한 나이가 되었구나 싶었다. 여유 있게 기다리다 2시가 되어 비행기에 올랐다. 아이는 기대한 대로 기내 프로그램에 있는 모든 게임을 다 하고 만화 영화까지 틀어서 다 봤다. 얼른 잤으면 했는데 자지 않다가 아내 무릎에 기대어 두세 시간 남짓 쪽잠을 청했다. 그 와중에 아이는 기내식을 받을 때 "감사합니다!"하고 인사를 잘했다고 그걸 기억하고 있던 승무원 누나가 찾아오셔서 과자 두 봉지를 선물로 주셨다. 그리고 아이가 내릴 때 "인사 잘하는 예쁜 아이 잘 가."하고 또 칭찬을 받았다. 말을 할 때부터 교육시킨 인사가 빛을 발해 어딜 가나 어른들에게 예쁨 받은 아이가 자랑스러웠다.

밥 먹기 전까지 열중

몇 번 장거리를 타봐서 그런지 10시간의 비행이 가뿐히 끝나고 우리는 LA 공항에 무사히 도착했다. 시차 때문에 우리는 출발한 당일 아침에 현지 도착을 했다. 어머니는 미국 가기 전부터 인터넷 영어 공부를 하면서 배움의 끈을 놓지 않았고 입국 심사가 꽤나 복잡하다고 들었기 때문에 긴장을 조금 하셨다. 하지만 어머니의 영어공부가 무색하게 가족끼리 와서 그런지 별다른 질문 없이 초스피드로 입국 심사를 받았다. 비자 확인만 하고 별 기다림 없이 바로 나온 다음 짐을 찾아 LA에 찾아온 어마어마한 캐리어 군단을 뚫고 공항 밖으로 나갔다. 겨울이라고 하는데 이곳은 초가을 정도로 날씨가 따뜻했다. 로스앤젤레스, 편의상 LA라고 부르는 이곳은 뉴욕 다음으로 미국 최대의 도시로 가장 유명한 도시 중 하나이다. 대중 매체에 등장한 것으로 보면 아마 1등이 아닐까 싶은데 한국 교포들도 많이 살아서 우리에게도 익숙한 도시이다. 첫발을 내디딘 북미대륙에서 첫 여행이 시작되는 순간이었다.

태평양을 건너 아메리카 대륙으로 입성

LA 국제공항 도착

태평양을 건너 도착한 나성(羅城)

2020년 1월 13일(1일째)-그랜드 센트럴 마켓, 엔젤스 플라이트

렌터카 회사에서 마련해 준 버스를 타고 렌터카 회사에 도착했는데 같은 건물 1층에 우리가 예약했던 회사가 있다는 걸 모르고 2층에 가서 헤매다가 내려왔다. 우여곡절 끝에 렌터카 회사에 들어와 예약증을 내밀었는데 두 가지 충격이 있었다. 하나는 한국에서 해둔 예약이 어쩐 일인지 사라져서 200달러나 더 주고 렌트를 하게 됐다는 것과 둘째는 우리가 선택한 중형급 차량 중에서 마음껏 차를 고르고 몰고 갈 수 있었다는 것이다. 한국에서는 예약 대행 사이트를 통해서 했는데 아내 이름으로 한 예약이 나오지 않아서 직원이 몇 번이나 확인해보더니 안 나온다고 하는 것이다. 그래서 당일 빌리면 200달러 이상 비싸지는데 하겠냐고 물어봐서 별 수 없던 우리는 알겠다고 했다. 분명 우리는 예약증까지 받고 확정되었다고 알려줬는데 현지에서는 왜 이런 불상사가 일어나는지 어처구니가 없었지만 일단 LA와 서부에서는 렌터카를 빌리는 것이 중요해 빌리기로 했다.

긴장 가득했던 첫 운전

나는 90%가 일본차인 렌터카 사이에서 쉐보레 차량을 골랐다. 우리 나라와 달랐던 점은 주차장에 차량이 쭉 늘어져 있고 손님은 단지 가서 선택한 다음 문을 열고 출발하면 된다는 것이다. 따로 차량을 안내해주거나 확인해주는 사람이 없었다. 조금은 색다른 문화에 놀랐다. 비행기 안에서 계속 잠을 자지 못한 오묘한 정신상태와 미국의 도로에서 첫 운전과 6개 차선에서 순간순간 변하는 우리의 목적지 안내에서 갈 길을 똑바로 찾아내야 하는 긴장이 어울려 심장이 터질 뻔한 채로 무사히 다운타운에 도착했다. 다행히 악명 높은 LA의 출근 시간은 피해서 들어왔기에 생각보다 많이 밀리지 않았다. 이날은 우리가 어떻게 핸드폰에서 차량 내비게이션 연결을 해서 자동차에 내장된 화면에 보이게 하는지 몰라서 옆자리에 아내가 탄 다음 아내가 핸드폰 내비게이션을 보면서 길을 알려주었다. 아내도 초행길이고 지도를 보며 길을 알려주니 긴장하기는 마찬가지였다. 내비가 안 되는 아쉬움이 있었지만 무사히 시내로 입성했다. 어설펐지만 무사히 가족을 모신 나의 운전실력이 미국에서도 빛을 발했다.

일회용의 슬픔에 출렁였던 첫 끼

그랜드 센트럴 마켓

LA로 들어와서는 주차장에 차를 주차하고 내렸다. 걸을 생각을 하니 일단 마음이 편안해졌다. 튼튼한 두 발로 LA에서 가장 역사가 오래 되었다는 그랜드 센트럴 마켓에 가서 아내의 추천으로 요즘 유명하다는 에그 슬럿의 샌드위치를 먹었다. 주문을 하고 음식이 나왔는데 전부 다 그릇이 1회용 플라스틱, 종이 같은 걸로 되어 있어서 충격을 받았다. 아이도 이걸 보자마자 환경오염이라고 이야기했다. 미국은 1회용 사용이 정말 많다고 하더니 그런 것 같았다. 아무래도 이렇게 하는 것이 인건비 절약 차원에서 나아서 그런 듯했는데 계속된 여행에서 느꼈지만 패스트푸드 음식점에서는 이렇게 나오는 것이 일반적이었다.

엔젤스 플라이트

부드러운 달걀과 빵으로 배를 채우고 바로 옆 엔젤스 플라이트에서 '라라랜드' 주인공이 되어 언덕을 올라봤다. 영화 '라라랜드'를 정말 좋아해서 몇 번이고 봤는데 직접 영화의 한 장면에 나왔던 그 공간 에서 머물며 즐기는 것이 영화 속 주인공은 아니지만 그 감성이 느 껴지는 듯했다. 시빅센터를 지나 성당과 유니언 역까지 여유로운 LA 다운타운의 한 때를 느껴봤다. TV에서 봤던 드높은 야자수가 하늘 거리고 태양이 따사롭게 내리쬐는 새파란 하늘에 감탄하며 겨울이라고는 생각되지 않게 따뜻한 도시를 거닐었다. 다만 빈부격차가 심해 사회 문제로 대두되는 도시라서 거리에는 노숙자가 곳곳에 눈에 띄었다.

로스앤젤레스시 운영을 책임지는 시빅센터를 지날 때, 훈풍이 부는 오후 2시쯤이었는데 아이는 막힌 코가 불편했는지 코를 파다가 피가 나서 다들 놀랐다. 보도블록 한가운데서 코를 부여잡고 코피가 더 안 나오게 막았다. 생각보다 많이 나서 걱정도 되었고 아이도 많이 피곤해하기 시작했다. 한국에서도 유명한 블루보틀 커피 가게가 있길래 그곳에서 커피를 한 잔씩 마시고 잠시 쉬어 갔다. 그리고 저녁 식사는 숙소에서 할 것이기에 장을 보러 마트에 갔다. 가는 길에 나는 아내에게 천문대랑 대형마트 패스한 게 잘한 일이라고 몇 번이고 칭찬했다. 여행 첫날이고 더군다나 다들 비행기에서 거의 잠을 못 자고 나와 현지 아침부터 계속 돌아다니는 중인데 욕심을 내서 가는 곳을 더 정했다면 굉장히 힘들어졌을 게 뻔했다. 뒷자리에 탄 아이는 깊게 잠이 들어서 잠을 계속 자려고 계속 칭얼댔다. 하지만 우리의 LA 요리 대작전을 그르칠 수 없었기에 아이를 안고 다니면서 아침, 저녁거리를 고심해서 골랐다. 현지 숙소에서 묵으면서 만들어 먹을 예정이라 충분히 먹을 수 있을 만큼 샀다. 양손 가득하게 장을 봤는데 영수증을 받고 보니 100달러 이상 나왔다.

숙소에서 먹은 첫 저녁 식사

해가 질수록 다들 기운도 나가는지 시간이 흐를수록 두통과 컨디션
저하가 심했다. 시차 적응에다가 잠을 거의 못 자고 새로운 환경에
다소 낯설로 흥분한 탓에 신경이 곤두서 있었지만 참고 숙소로 돌아
가서 짐을 풀고 씻고 나는 저녁을 준비했다. 2층에 있는 숙소는 그
렇게 크지 않고 우리 4명이 지내기에 아담한 구조인데 천장 위에
달린 아날로그 선풍기가 인상적이었다. 가뜩이나 피곤해서 빨리 요
리해 먹고 싶은데 설상가상으로 부엌에는 프라이팬이 내 얼굴만 하
고 조리기구도 변변한 게 없었다. 유럽 여행을 할 때에는 조리 기구
가 충실해 요리하기에 정말 좋았는데 그걸 생각하고 왔던 우리는 잠
시 허탈해했다. 특히 나는 어서 요리를 해야 했기에 가족을 먹일 저
녁을 해내기 위해 참고 마트에서 샀던 등심과 채끝으로 미국식 스테
이크를 만들고 닭다리를 구워 주었다. 환기시키느라 식어버린 요리
들을 다 같이 둘러앉아 먹고 일주일 같았던 하루를 마무리했다.

LA 시민센터

유니언 역

산타모니카 해변으로

2020년 1월 14일(2일째)-산타모니가 해변

조깅을 마친 아내

조깅을 좋아하는 나와 아내는 여행을 가게 되면 그 도시를 아침에 달려보자고 약속을 했지만 피곤함과 졸음에 한 번도 지켜진 적이 없었다. 이번에는 꼭 아침에 거리를 뛰어보자고 해서 미리 캐리어에 운동복을 챙겨 왔고 자기 전에 바로 입고 나갈 수 있게 꺼내놓았다. 아침 6시 즈음이 되자 이상하게 우리는 동시에 운동 약속 생각나서 바로 눈이 떠졌다. 그런데 그전에 피로가 엄청 몰렸었는지 오히려 나, 아내, 어머니 모두 그 시간까지 선잠을 자다가 다 깨어났다. 곧 나가야지 생각하고 있는데 다시 시계를 보니 그 시간은 6시가 아닌 새벽 1시였다. 한국이 오후 6시였다. 뒤죽박죽 한 시차에 우리들의 몸이 힘겹게 적응 중이었다. 다시 잠을 청하자 다행히 잠이 들었다.

정말 아침 6시에 일어나 나와 아내는 어두운 LA대로를 달리며 몸의
활기를 찾을 수 있었다. 숙소가 사람들이 주로 거주하는 곳에 있어
서 이른 아침이었지만 아침 조깅하는 사람들이 몇몇 있었고 나는 그
들에게 인사를 건넸다. 아내와 그 동네를 한 바퀴 쭉 도는데 구경하
면서 도시의 새벽을 깨우는 재미가 있었다. 집 밖을 나올 때는 깜깜
했지만 돌아올 때는 어스름에 날이 밝아오고 있었다.

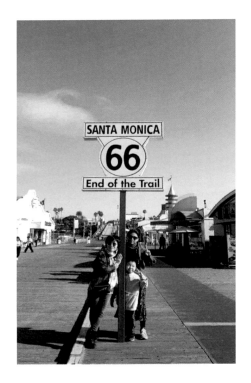

어머니와 아내와 아이

아침은 라즈베리 잼과 땅콩버터를 바른 구운 토스트, 삶은 달걀, 요거트, 달고 아삭한 미국 사과였다. 사과가 주먹보다 작은데 진한 붉은빛이 돌면서 씹으면 단맛이 입안에 풍기며 식감이 정말 좋았다. 미국에서의 첫 아침 식사는 성공적이다. 아이는 한 번도 깨지 않고 푹 잤는지 잘 일어나 아무지게 식사를 마쳤다. 우리의 발이 돼줄 렌터카에 올라 처음 가려고 계획한 게티센터를 향해 도로 위를 달리던 중 날씨가 너무 좋아서 산타모니카 해변을 향해 방향을 바꿔 달렸다. 산타모니카 해변을 가려던 날이 날씨 확인을 해보니 비가 오고 흐릴 수 있다는 예보가 나와 오늘 가기로 했다. 자유 여행의 묘미였다.

이날도 역시나 자동차 내비를 몇 번 해보려고 시도했는데 안되어서 아내가 조수석에 타고 내가 운전하는 길을 핸드폰으로 봐가며 설명해주었다. 아이는 뒷자리에서 어머니와 숫자 게임을 하며 갔는데 아이가 너무 잘 맞추어 어머니가 놀랐다. 가는 길에 거인 같은 야자수가 늘어선 길이 이국적인 느낌을 주었다. 도로에는 출근길과 더불어 사고 난 곳도 있어서 조금 막혔지만 그래도 생각보다 오래 걸리지 않고 도착해서 주차를 마치자 광대한 크기의 모래사장과 끝없는 해안선이 만드는 한적한 풍경이 우리를 환영했다.

여유롭게 쉬고 운동하는 사람들 가운데 우리도 파도를 한참 바라보고 예쁜 사진을 남겼다. 산타 모니카는 LA에서 남서쪽에 위치한 해양 도시로 미국인들의 여름 휴양지로도 매우 유명한 곳이다. 끝없이 펼쳐진 백사장에 무성한 야자수들이 들어서 있고 푸른 태평양과 푸른 하늘이 이곳을 가꿔주고 있었다. 주말에는 사람들로 엄청 북적인다는데 평일이라 그런지 해변 옆에는 퍼시픽 파크는 손님 없는 평일 오전 한적함을 보여주었다. 작은 놀이터가 있어서 아이는 잠시 자신만의 놀이에 빠졌고, 곧 우리는 스타벅스로 이동해 수많은 미국 사람들 사이에서 향긋한 커피를 즐겼다.

산타모니카 해변에서 아이와 어머니

베벌리힐스로 가서 부촌 집 구경도 했다. 예전에 마이클 잭슨이 살았다는 집도 지나가 보았다. 처음에는 여기가 LA 안에 있는 동네인 줄 알았는데 별개의 도시로 취급받는다고 한다. 미국은 도시(City)가 가장 작은 행정 단위라서 그보다 넓은 로스앤젤레스 카운티에 속한 도시라고 생각하면 된다. 이곳이 유명한 이유는 수많은 영화배우와 부자들이 살고 있는 미국 안에서도 손꼽히는 부촌이기 때문이다. 하지만 지금은 너무 유명세에 시달려서 부촌 순위에서 20위 밖으로 밀리기도 했다지만 어쨌든 부촌의 대명사인지라 으리으리한 저택들이 즐비했다. 처음 이곳은 흑백분리가 엄격했던 20세기 초에 백인 거주 구역으로 개발되었고 그 후 할리우드 영화 산업이 발전하면서 많은 영화배우가 이곳으로 이사를 오게 되었고 지금과 같은 이미지를 형성하고 또 이 주변에는 수많은 명품, 패션 브랜드들이 가게를 내고 있다. 차를 타고 지나가는데 말로만 듣던 대저택이 즐비하고 정원과 거리의 모습이 사뭇 달라 보이기도 했다. 차로 둘러보면서 한국과는 조금 다른 풍경에 아이도 우리나라는 다 아파트밖에 없는데 여기는 아파트가 안 보인다고 왜 없냐고 물어봤다.

배벌리 힐스 가는 길

잠에서 깨고 있는, 새벽의 LA

산타모니카 해변

84

LA LA LAND

2020년 1월 14일(2일째)-명예의 거리, 할리우드 사인, 그리니치 천문대

명예의 거리에서 아이와 나

베벌리힐스를 나와 LA의 상징과 같은 명예의 거리(Walk of Fame) 거리로 갔다. 가는 길에 경쟁하듯 등장하는 수많은 영화 홍보 대형 포스터들이 인상적이었다. 도착한 거리엔 수많은 관광객들이 바글바글했다. TCL 차이니즈 극장이 행사 준비 때문에 안전바가 설치돼있어서 유명한 스타의 손자국은 멀리서 바라볼 수밖에 없었다. 그래도 좋아하는 영화인 스타워즈의 R2D2와 3PO의 발자국은 만났다. 대신 바닥에 여러 스타들의 이름을 읽어보고 거리를 걸어봤다. 차이니즈 극장에서 시작해 2km에 달하는 거리인데 유명한 인물들의 이름이 동판에 새겨 별 모양의 대리석에 박혀있었다. 밑을 걸어가며 유명인을 찾아보는 것도 쏠쏠한 재미였다. 미국인들이야 다 알겠지만 우리는 주로 유명한 영화배우 위주로 찾아봤다. 거리에는 각종 캐릭터 복장을 한 사람들이 많았다. 스파이더맨, 스타워즈, 아이언맨, 헐크 등이 있었는데 자꾸 사진 찍자고 들이대는 바람에 빠져나오기가 조금 난감했었다. 그 영화 캐릭터를 좋아하고 추억을 남기고자 한다면 같이 사진을 찍어도 상관없지만 우린 그럴 생각이 없어서 아이 손을 꼭 쥐고 거리를 걸어보고는 점심 먹기 위해 나왔다.

차이니즈 극장

점심은 미 서부에서만 영업한다는 근처 인 앤 아웃 버거 가게에 가서 대망의 버거, 감자튀김, 밀크셰이크를 맛봤다. 사람들이 엄청 많고 한국인 관광객도 많았다. 주문할 때 아이가 처음으로 더듬거렸지만 주문을 직접 해보았다. 이걸 놓치지 않고 나는 영상으로 찍어놨다. 매장 안에는 전혀 자리가 없어서 밖에 있는 테이블에서 나가는 사람들을 보고 자리를 맡을 수 있었다. 자리에 앉고 같이 둘러앉아 맛있게 버거를 먹었다. 인기가 많아서 그런지 자동차 주문하러 차들도 기나긴 행렬이 있었다. 이곳에서는 특이하게 할라피뇨 피클을 먹을 수 있게 해 놨다. 어머니는 그게 입맛에 맞으셨는지 잘 드셨고 아이도 버거를 잘 먹었다. 음료는 주문하면 컵을 주었다. 그래서 무제한으로 탄산을 먹을 수 있는데 콜라, 환타, 사이다만 있는 게 아니라 제로 콜라, 루트 비어 등 다른 맛도 많이 있어서 탄산의 천국임을 실감했다. 이때 아이에게 버거를 한 입 먹고, 감자튀김을 밀크셰이크에 찍어 먹는 맛을 알려줬다. 그 맛이 마음에 들었는지 이때 배운 것으로 그 뒤에도 자주 이런 식으로 아이는 먹었다.

미 식부의 명물, 인 앤 아웃 버거

식사 후 다시 명예의 거리로 들어섰는데 그 유명한 아카데미 시상식이 열리는 돌비 극장이 있어서 배경으로 사진을 찍어보았다. 멀게만 느껴졌던 아카데미 시상식에서 이번에 우리나라 영화 '기생충'이 작품상, 감독상, 각본상, 국제영화상을 타는 어마어마한 쾌거를 이룩해 자랑스러웠고 앞으로도 이 돌비극장에서 우리나라 영화를 만나면 좋겠다. 이곳 마트에 있는 주차타워는 물건 구입을 하면 시간이 2시간 무료인데 시간에 가까워져서 서두르는데 아이가 아이스크림 가게를 보더니 먹고 싶다고 해서 가게에 들어가서 콘 아이스크림을 주문했다. 스쿱으로 아이스크림을 담는 점원의 손길을 바라보면서 나의 마음은 초조해져만 갔다. 아이스크림을 사고 주차장으로 가서 서둘러 결제를 했다. 그런데 아뿔싸 1분 차이로 5달러를 더 결제하게 되었다. 낯선 경험에 대한 기회비용이라 생각되었지만 돈이 아까운 건 사실이었다.

그다음 목적지는 할리우드 사인이었다. LA 하면 떠오르는 곳 중 하나인 이곳은 꼭 가봐야 할 곳이라 찾아가는데 계속 좁고 꼬불꼬불한 산길을 타고 가서 나는 운전하면서 내내 긴장되었다. 좁은 1차선이라 반대편에서 언제 차가 나올지 몰랐기 때문이다. 이런 산길 옆에도 좋은 집들이 다닥다닥 붙어 있는 것이 신기했다. 저 멀리 사인이 보일 때마다 무척 신기하기는 했다. 도착해서 주차하는데 경사진 면에 주차를 했다가 갑자기 후진이 잘 안되어서 앞에 있는 차를 칠 것 같아 엄청 긴장하고 놀라긴 했는데 후진 액셀을 밟아 뒤로 빼고 주차를 해서 한시름 놓았다. 이렇게 어렵게 도착한 곳에서 잠깐 쉬면서 기념사진도 여러 장 남겼다. LA의 명물인 이 사인은 9개의 흰 고딕식 대문자로 HOLLYWOOD라고 적혀 있는데, 지금처럼 할리우드 영화 산업의 상징으로 만들어진 것은 아니고 본래는 부동산 회사

광고였다고 한다. 이제는 미국 영화 산업의 메카 할리우드를 알리는 상징으로 전 세계 관광객이 찾는 곳이 되었다. TV에서 봤을 때는 굉장히 크게 보였었는데 우리가 있는 곳이 멀리 떨어져 있어서 그런가 잘 보이지만 그렇게 크게 보이지는 않았다. 아마도 가까이 가서 보면 굉장히 컸겠지만 말이다. 우리가 갔을 때는 퇴근 시간 전이라 그런지 길가에 주차할 곳도 넉넉했고 공원에는 사람도 많지 않아 원하는 사진을 많이 찍었다.

할리우드 사인에서 아내와 아이

그다음은 영화 '라라랜드'의 마지막 도착지 그리니치 천문대를 향해 갔다. 내가 가장 사랑하는 영화 중 하나인 '라라랜드'에서 재즈 피아니스트였던 세바스찬과 배우 지망생 미아가 사랑의 감정을 확인하고 싹튼 곳이 이곳이고 시내를 조망할 수 있기에 가보기로 했다. 퇴근 시간은 가까스로 피해 30분 정도 걸려서 여유 있게 일몰 전에 도착했다. 우린 천문대 앞 주차장까지 안 가고 1마일 떨어진 주차장에 주차하고 걸어가기로 했다. 산을 타고 올라가는데 재미교포 할아버지를 만나서 이야기하게 되었는데 우리를 LA사는 사람으로 착각하면서 반갑게 말씀을 나누셨다. 한국인이 많으니 그럴 수도 있겠다는 생각이 들었다. 아이는 천문대까지 가는 길이 생각보다 가파르고 가깝지는 않았지만 씩씩하고 즐겁게 길을 잘 걸어갔다. 아내를 닮아서 그런지 자연 풍경 속에서 거닐 거나 보는 걸 좋아하는 아이다웠다. 입고 있던 패딩을 벗을 정도로 땀도 나고 얼굴의 온도는 계속 올라갔다.

한참 올라가서 본 천문대는 영화 '라라랜드'에 나온 그대로였다. 주인공이었던 라이언 고슬링과 엠마 스톤의 모습이 아련하게 지나가는 듯했다. 천문대는 이미 많은 사람들이 와서 기다리고 있었고 주차장은 만원이었다. 그들과 함께 기다리며 아름답게 저무는 일몰도 보고 안에 들어가 구경을 했다. 밖이 깜깜해져 야경도 보았다. 고층 빌딩이 즐비하는 대신에 넓고 끝없이 펼쳐진 LA 시내의 밤거리는 자동차 헤드라이트와 네온사인, 건물들의 불빛에 반짝거려 밤하늘의 별보다 더 반짝거렸다. 비성수기 평일이라 사람들이 많이 없었다곤하나 꽤 많은 이들과 LA 풍경을 감상했다. 트레킹 코스로 내려오는데 그 길이 가로등이 하나도 없어서 어두컴컴했지만 4명이 같이 조잘거리며 조심조심 잘 내려와 집으로 왔다. 아이는 차 안에서 곯아떨어져 기절한 정도로 잠을 잤다.

그리니치 천문대에서 점프샷

하루 종일 밖에서 보고 걷고 하느라 다들 지쳤지만 나는 오자마자 저녁상을 차렸다. 가는 면으로 만든 토마토 파스타, 카프레제 샐러드, 닭다리 스테이크였다. 어제 너무 열악한 장비로 최선을 다했던 나는 닭다리 익히는 게 너무 오래 걸려서 요리하기 전에 발골을 다 한 다음 살만 발라내 구웠고 파스타도 소스는 사났기에 시판 소스를 활용해 바로 만들어 저녁 식사를 했다. 다소 빈약해 보여도 열심히 하루를 보낸 우리에게는 꿀맛 같은 식사였다. 식사를 마친 후 아내는 이내 잠들고 아이는 만화를 조금 보다가 어머니와 잠들었다. 이렇게 이틀째 밤이 저물었다. 이틀 모두 알차고 하루하루를 온전히 써서 4일 이상 여행한 기분이었다.

할리우드 사인

그리피스 천문대에서 LA의 일몰

동화의 나라, 디즈니 랜드

2020년 1월 15일(3일째)-디즈니 랜드

알람 소리에 다들 6시에 일어나 아침을 착착 만들어 먹었다. 이틀째라 어머니는 고추장 토스트, 아이는 절반으로 자른 토스트로 식성에 맞춰 먹을 줄 알았다. 아침 일찌감치 디즈니 랜드로 출발했다. 원래는 내일 가려고 했지만 날씨가 흐리고 비가 온다고 예보가 있었기에 오늘로 일정을 바꿨다. 여전히 화창한 LA 도심을 빠져나와 개장시간 9시에 맞춰서 디즈니 랜드가 있는 애너하임에 도착했다. 언제나 LA의 악명 높은 교통 대란이 도로에 기다리고 있기 때문에 숙소를 나오기 전에는 긴장의 연속이었다. 조금 밀리는 구간이 있었기는 했지만 애너하임까지는 순조롭게 고속도로를 타고 도착했다.

디즈니 랜드로 들어가는 입구 초입부터 도로 위에는 많은 자동차가 슬금슬금 속도를 내고 있었다. 겨울 평일의 아침이었지만 미국과 우리처럼 외국에서 온 많은 사람이 들어가기 위해 기다리고 있었다. 디즈니 랜드의 거대한 주차장에 도착하자 차들이 일렬로 줄을 서서 가다가 순식간에 한 대씩 차례대로 주차를 했다. 엄청난 규모를 자랑하는 주차장이었는데 그래도 비성수기 아침이라 그런지 자리는 많아 보였다. 주차를 하고 나가니 입구에서 개인 짐 검사를 하고 있었는데 그곳까지 무사히 통과하자 트램을 타고 디즈니 랜드 입구로 향했다. 이 모든 게 물 흐르듯 착착 이어지는 게 참 신기했다. 비수기인데도 역시나 인파가 적지 않았다. 그래도 우리나라의 유명한 놀이동산과 비교하면 그렇게 밀리지는 않아서 신기하기도 했다.

스톰 트루퍼와 함께

디즈니 랜드는 이름만 들어도 설레는 장소이다. 어렸을 때 집에 백
과사전 전집이 있었는데 그때 디즈니 랜드를 처음 찾아 읽어보았다.
몇 장의 사진과 설명으로 나와 있는 디즈니 랜드는 어린 마음에 언
제나 마음속으로만 품고 있는 이상향이었다. 나중에 언제일지 모르
지만 미국에, LA에 간다면 꼭 가야겠다고 그 꿈이 마음속에서 잠자
고 있었나 보다. 보안 검색대를 거쳐 파크까지는 트램을 타고 갔는
데 그 트램을 타고 도착한 디즈니 랜드는 나의 동심을 일깨우기에

충분했다. 세계 최초의 테마파크로 불리는 이곳은 1955년에 개장했다. 그리고 이 엄청난 성공으로 플로리다 올랜도에 더욱 압도적인 크기를 자랑하는 디즈니 월드가 있고 전 세계에도 도쿄, 홍콩, 상하이, 파리 등에 디즈니 랜드가 있다. 예전 일본 유학을 할 때 디즈니 시(Sea)에 가본 적이 있었다.

입장권을 발권하고 안으로 들어서자 영화 속 배경들이 눈앞에 펼쳐지고 와글와글한 사람들의 들뜬 분위기에 모두 흥분했다. 특히 아이가 너무도 좋아했다. 처음에 디즈니 랜드에 대해서 잘 모르기도 하고 우리나라에서 대형 테마파크는 한 번도 가본 적이 없으니 어느 정도인지 감이 없었다. 가니까 본인이 아는 미키 마우스부터 스타워즈, 겨울왕국 등 각종 캐릭터나 만들어진 공간을 보니 눈이 휘둥그레졌다. 아내는 미리 스마트폰에 어플을 깔아서 타봐야 할 것과 동선을 나와 상의했다. 무엇보다 이런 곳에서는 시간을 효율적으로 써야 하니 순서를 잘 정해야 했다.

비성수기라서 그런지 유명한 어트렉션도 오래 기다리지 않고 탈 수 있었다. 돌아다니는 사람들이 많았는데 성수기에는 얼마나 많을지 상상이 안 갔다. 사실 나는 이런 테마파크를 별로 좋아하지 않는데 그건 사람들이 워낙 많아서 5분 타려고 50분을 기다려야 하는 상황이 너무 인내심을 요구하는 것 같아서 마음에 들지 않기 때문이다. 오면서도 세계 최고의 테마파크인 디즈니 랜드인데 사람이 비성수기에도 많을 거라 신경이 쓰였는데 생각보다 기다리는 것은 덜 해서 만족스러웠다. 가장 많이 기다렸던 게 스타워즈 밀레니엄 팔콘이었는데 20분 정도 기다렸던 것 같다. 먼저 아내가 타고 싶어 했던 스릴 만점의 인디아나 존스 라이드로 달려가서 대기 시간 없이 금방 탔다. 아내에게는 어트랙션을 탈 때 돌이 떨어지고 고대 괴물들이 실감 나서 최고로 재미있었던 놀이기구였다.

잠자는 숲속의 공주 성을 배경으로

다음으로는 나의 흥분과 호기심을 최고조로 만들 스타워즈 갤럭시스 엣지로 건너가서 밀레니엄 팔콘을 조종하는 놀이기구를 탔다. 스타워즈 구역은 영화 속 모습을 정밀하게 재현을 잘해놓아서 나 같은 팬들에게는 환상의 장소였다. 명성이 높은 테마 파크답게 그 퀄리티는 상상을 초월해 설명해주는 마네킹이 진짜 사람인 줄 알고 믿었는데 아내가 애니메트로닉스라고 해서 깜짝 놀랐다. 얼굴 모양새부터 팔 동작, 허리, 심지어 손가락까지 너무 자연스러웠기 때문이다. 내가 갤럭시스 엣지를 너무 유심히 구경하고 있어서 나를 따라서 스타워즈를 좋아하는 아이가 짜증을 낼 정도였다. 나와서는 니모 잠수함을 타고 이어서 마터호른 롤러코스터를 탔다. 무서운 것을 잘 못 타는 어머니는 조금 걱정하셨지만 나와 같이 탄 아이는 환호성을 지르며 엄청 좋아했다. 나는 스타워즈와 마터호른 롤러코스터가 제일 인상 깊었다.

밀레니엄 팔콘

그다음으로는 아이가 한 달 전부터 유튜브를 통해서 모의 연습을 하며 탈 준비를 연습하고 준비를 다 끝내 놓은 토이스토리 슈팅 기구를 탔다. 아내가 테마파크를 한 번도 안 가본 아이를 위해 인터넷 영상으로 디즈니 랜드를 보여줬는데 그때 아이가 이 놀이기구에 꽂혀 이곳에 오니 기억을 해냈다. 레이저총으로 Z대마왕 등 악당을 맞춰서 점수를 높이는 게임인데 아이는 이게 제일 재미있었다고 했다. 아이는 하루 종일 나, 아내, 어머니를 다 따라다니며 졸리는 잠도 참고 최고의 에너지를 보여줬다. 그다음엔 자동차 트랙 레이싱을 하러 갔는데 2인승이라서 나와 아이가 같이 타고 아내와 어머니가 같이 탔다. 아이는 운전하는 내내 신나 했다. 의외로 어머니가 차가 트랙 밖으로 튀어 나갈까 봐 너무 무서워하셨다. 그래서 아내가 대신 액셀을 밟아서 트랙을 돌았다. 어머니는 이 기억이 제일 남는다고 하셨다.

점심은 영화 '토이 스토리'에 등장했던 피자샵에서 거대한 조각 피자 2개와 샐러드, 무한리필 콜라로 배를 채웠다. 오후에도 계속 쉬지 않고 이곳저곳을 돌면서 놀이기구를 탔다. 비성수기라서 그런지 확실히 사람들이 많이 있어서도 놀이기구 대기 시간은 적었다. 가장 인기 있는 것도 20분 내외라서 기다릴만했고 패스트 트랙으로 굳이 예매를 안 해도 될 정도였다. 파크 기차를 타고 한 바퀴 돌면서 다른 포인트로 이동하기도 하고 아이는 별 관심을 안보였던 공주들도 만날 수 있었다. 미키 하우스에서 미키 마우스를 기다렸다가 만났는데 나는 실제로 만난다는 생각에 약간 긴장했다. 아이는 좋아하기는 했지만 잘 몰라서 그런지 그렇게까지 좋아하지는 않았다. 미키 하우스에서 미키 마우스를 만나러 갈 때 아내가 제일 좋아했다.

미키마우스와 함께

썬더 마운틴 레일로드, 크리스마스 악몽 하우스, 캐리비안의 해적도
타고 정신없이 바로바로 타면서 놀았다. 캐리비안의 해적은 디즈니
랜드의 대표적인 놀이기구로서 이를 모티브로 영화가 만들어지는데
그게 '캐리비안의 해적 블랙펄의 저주'이다. 잭 스패로우 선장 등 애
니메트로닉스의 손짓이 너무 자연스러워 입이 다물어지지 않았다.
한참 그렇게 타고나니 날이 저물어가기 시작했다. 미키스 툰 타운을
갈 때부터 어두워지면서 약간 으슬으슬해졌다. 마터호른 롤러코스터
와 스플래쉬 마운틴에서 깜짝 물벼락을 맞은 터라 모두 몸이 살짝

젖어 있었다. 그래서 메인 스트리트 USA 쪽으로 나가 카페를 찾아
가서 따뜻한 커피와 핫초코로 몸을 녹였다. 커피가 몸 안에 도니 유
일하게 여유 있는 시간이 지금이구나 깨달았다. 오늘 아침 9시부터
저녁 8시까지 장장 11시간 동안 한순간도 쉬지 않고 보고 찍고 기
다리고 놀이기구를 타서 한 번 세어봤더니 15개나 탔다. 나도 여태
까지 우리나라에 있는 테마파크도 여럿 가봤지만 인생 통틀어서 테
마파크에서 이렇게 오랫동안 열심히 많이 타며 즐긴 적은 처음이었
다. 소위 말해 디즈니 랜드에서 뽕을 뽑은 날이었다. 아내의 사전
준비, 나의 전략적 계획과 아이, 어머니의 에너지 대방출 합작이었
다. 다들 실컷 놀아서 매우 뿌듯해했다. 디즈니 영화를 자주 봤거나
좋아한다면 더 재미있게 빠져들어 즐길 것 같았다.

밤이 어둑해질 때까지 어트랙션을 즐기다가 시간 관계상 애매해 저
녁 식사는 하지 못했다. 마지막을 장식하는 화려한 레이저쇼를 잠깐
보고 마감하기 직전에 나와 사람들이 안 밀릴 때 디즈니 랜드를 빠
져나왔다. 주차장으로 가니 이미 많은 자동차가 나가서 텅텅 비어
있다시피 했다. 한밤중의 고속도로는 한산한 편이라 금방 숙소로 돌
아왔다. 돌아오는 길에 다들 기절하듯이 자고 숙소에 도착할 때쯤
일어났다. 삼일째 강행군으로 머리가 어질어질해서 자리에 앉아있으
면 내 몸이 부유하는 느낌을 받았다. 그래도 저녁은 먹어야 했기에
마트에서 샀던 한국 라면을 사이좋게 나눠 먹으며 허기와 입맛을 잡
았다. 모두에게 강렬했던 첫 디즈니랜드 탐방이었다.

미래 플래닛

메인스트리트 USA

Day of Art

2020년 1월 16일(4일째)-디즈니 콘서트 홀, 더 브로드

LA를 진정 마지막으로 즐길 수 있는 날이었다. 굵직굵직한 것들은 일단 보았기 때문에 여유롭게 LA 시내를 거닐면서 시간을 보내기로 했다. 오늘은 날씨가 비가 오고 흐리다는 예보가 있었다. 그런 예보가 있을 때 사실 당황했던 것이 이곳 캘리포니아는 날씨가 화창하다 못해 다소 건조한 기후에 속한다. 1년에 300일 이상이 맑은 날이라서 비 오는 날씨를 만나기가 쉽지 않은데 하필이면 우리 여행 다닐 때에 비를 만나는지 생각을 했다. 그러함 바람을 날씨가 알았는지 전날 밤 우리가 자고 있을 때 한 차례 빗줄기가 이곳을 훑고 지나갔고 일어나 아침이 되었을 때에는 잡티 하나 없는 맑은 날씨를 자랑하고 있었다. 날씨까지 우리의 여행길을 축복해주는 듯했다.

LA의 왜 갔던 빨래방

먼저 나와 아내는 어제보다는 느긋하게 7시에 일어나서 근처 빨래방에서 삼 일간 쌓인 빨래를 끝냈다. 처음에 숙소 안에 세탁기가 있다고 해서 이곳을 정한 거였는데 이곳 세탁기도 동전을 넣어야 하는 구조였다. 그때 동전이 없던 우리는 근처 빨래방을 검색해 그곳에서 빨래와 건조까지 마치기로 했다. 바구니 잔뜩 빨래를 담아 10분 정도 걸어서 빨래방에 도착했다. 빨래를 가득 담은 바구니를 들고 거리를 걷자니 꼭 이곳에 사는 사람 같았다. 다소 이른 시간이라 그런지 우리 외에 1명만 빨래를 하고 있었다. 지폐로 동전을 교환하고 이제는 유럽에서 몇 번 해봐서 그런지 능숙하게 빨래와 건조까지 마쳤다. 장기간 여행을 다닐 때에는 가루 세제 작은 것을 사서 들고 다니자고 했다. 세제가 없으니 세제까지 구입을 해야 했다. 잠시 기다리는 틈을 타서 지금까지 찍은 사진 구경도 하고 아내와 여행 이야기를 하다가 뽀송뽀송해진 빨랫감을 들고 다시 숙소로 돌아왔다. 그리고 오늘은 숙소에서 해 먹지 않고 미국 아침 식사를 만나보기 위해 숙소 근처 식당에 가서 먹기로 했다.

미국 식당에서 아침 식사

아침 식사는 숙소 바로 가까운 식당에서 먹었다. 미국의 전형적인 가정식 식당이면서 히스패닉 요리를 주로 하는 곳 같았다. 주인이나 종업원도 이민 온 히스패닉으로 보였는데 일단 현지에서 잘 먹는 음식을 먹어보기로 해서 메뉴 추천을 받아 주문을 했다. 그래서 오믈렛, 멕시코 토르티야 쌈, 으깬 감자, 베이컨 구이, 와플까지 한 상가득 시켜 먹었다. 커피를 부족하지 않게 끊임없이 따라주서서 배부르게 먹었다. 비싼지 모르고 시킨 과일주스 2개를 포함해서 6만 원 가까이 나왔고 팁도 몇 달러 놓고 나왔다. 진정한 미국식 아침 식사였겠지만 설마 미국인들이 매일 이렇게 먹지는 않을 것이다. 실제로 매일 이렇게 먹는다면 아마 혈관이 일찍 막힐 것 같았다.

디즈니 콘서트 홀 앞에서 아이와 나

디즈니 콘서트 홀 투어 때문에 첫날 갔던 다운타운에 또 갔다. 다시는 안 올 줄 알았던 그 주차장이 가까워 다시 주차를 한 후 걸어서 콘서트 홀까지 갔다. 월트 디즈니를 기리기 위해 건축되었는데 아내였던 릴리안 디즈니가 LA에 자금을 기증하여 2003년에 완공되었다. 건물을 본 사람은 알겠지만 유려한 곡선으로 반사되는 스테인리스 스틸이 멋들어져 만화 속에서 튀어나온 모습이다. 이 모습은 릴리안 디즈니가 장미를 좋아하여 그러한 모습으로 만들었다고 한다. 반사로 인해 눈이 부시고 온도 상승을 일으킨다는 비판이 있었지만 특이한 모습으로 안에는 들어가지 않더라도 바깥에서 사진은 찍는 명소가 되었다. 이곳은 LA 필하모닉 오케스트라의 주 공연장이라고 알려져 있다.

겉모습이 멋진 디즈니 콘서트 홀 앞에서 사진도 찍다가 11시 투어 시간에 맞춰 갔는데 사람들이 거의 없길래 안내원에게 물어보니 마침 공연 리허설 시간이라 오전 투어가 하나도 없다는 것이다. 인터넷 창이 열리지 않아 가이드 북 시간을 보고 갔는데 이런 변수가 생겼다. 투어는 오후에 있다고 했는데 그때는 가볼 곳이 있어서 아쉽게 발걸음을 돌리다 혹시나 하는 마음에 바로 옆에 위치한 더 브로드 미술관으로 향했다.

더 브로드에서 어머니와 아내와 아이

더 브로드는 요즘 가장 핫한 LA의 예술 공간으로 현대미술관이다. 가이드 북에는 예약 필수라고 했지만 혹시 몰라서 가보기로 했는데 다행히도 입장이 가능했다. 평일 오전이라 한산해서 그랬나 보다. 예약도 안 한 우리에게 무료로 개방된 착한 현대미술관에 고마움을 느끼며 입장을 했다. 감성과 탄성을 자아내는 현대 미술 전시품을 돌아보는 데 나는 신나게 보고 아이는 조금도 관심이 없어했다. 그래서 내가 사진을 찍자 해도 시무룩하게 있었다. 이런 미술관이나 전시관은 아이와 함께 즐기기가 어려워서 참 여행 다닐 때 고민이 되었다. 우리 여행에 있어 시각적인 부분, 즉 유적을 보거나 공연을 구경하는 것도 있지만 이런 전시회도 정말 중요한 요소 중에 하나인데 아이가 아직은 함께 하지 못하니 아쉬웠다. 앞으로 함께 즐길 날을 기대하면서 아이를 안고 최대한 같이 보면서 나왔다.

엔젤스 플라이트 안에서 우리 가족

제대로 즐기지 못한 아이를 위해 이곳까지 왔으니 엔젤스 플라이트를 한 번 더 타자고 했다. 저번에 나와 함께 러시아 블라디보스토크에서 탔던 푸니쿨라가 연상되었는지 엔젤스 플라이트를 타면서 엄청 좋아했다. 푸니쿨라보다 훨씬 작고 거리도 짧았지만 경사진 언덕을 타고 올라가는 전차의 즐거움은 여전했나 보다. 엔젤스 플라이트에 가서 밑으로 내려갈 때 한 번 탔다. 내려서는 바로 그랜드 센트럴 마켓이 있어서 그 안에 있는 카페에서 차를 마시고, 아내의 반짝 아이디어로 마트로 아이 장난감 원정을 떠나기로 했다. 근처 대형 쇼핑몰이 있어서 이곳에서 저렴하게 아이 장난감을 하나 사자는 거였다. 아이는 물론 신나 해서 가고 싶어 했고 가까워서 차로 이동했다. 그런데 인터넷 지도에서 알려주는 것과 도로가 조금 달랐다. 인터넷에서는 양방향 도로라고 나왔지만 실제로는 일방통행이라서 몇 번을 돌고 돌았다. 어쨌든 일방통행 도로들을 헤치고 쇼핑몰에 도착했다. 그런데 주차 빌딩이 복잡해 헤매게 되니 운전하면서 조금 답답했으나 마트에 무사히 도착했다.

아이가 첫 번째로 사고 싶었던 장난감은 없었지만 두 번째로 사고 싶어 하던 장난감이 있어서 사고 나도 얻어서 우리나라보다 가격이 저렴한 레고를 하나 샀다. 점심으로는 1층에 있는 푸드코트에 가서 한식당이 있기에 어머니를 위한 매운 불고기 덮밥과 아이는 새우 덮밥, 나와 아내는 파이브 가이즈 햄버거로 각자 취향에 맞게 배를 채웠다. 어머니와 아이는 입맛에 맞는 듯 매우 만족스럽게 식사를 했고 특히 어머니는 오래간만에 한식을 먹게 되니 활기가 도는듯했다. 나와 아내가 주문한 햄버거는 그럭저럭 괜찮았지만 감자튀김에서 두 번 놀랐다. 한 번은 어마어마하게 많이 준 양이었고 또 한 번은 생각보다 짜서 살면서 처음으로 감자튀김을 남겼다는 것이었다.

디즈니 콘서트홀

더 브로드

J. 폴 게티 미술관

2020년 1월 16일(4일째)-게티 센터

점심 식사를 마치고 난 다음 다시 주차 타워에서 나오는데 굉장히 헷갈리게 되어 있어서 나오는데 힘들었다. 처음에만 안내가 되어 있고 나오는 도중의 갈림길에는 안내판이 없어서 어떻게 겨우 나와 마지막으로 더 게티 미술관을 향해 달렸다. LA 도심에서 그렇게 멀지 않은 위치에 있는 게티 센터는 미국의 석유 재벌인 폴 게티가 전 세계의 미술품을 수집하여 그 소장품으로 마련된 미술관으로 개인이 기증한 무료 미술관이다.

그림 속 포즈를 따라 하는 아이

시내에서 조금 멀리 떨어진 위치에 있으며 산 위에 위치한 게티 센터는 주차장에 주차를 하고 난 뒤 트램을 타고 더 위로 올라갔다. 꼬불거리는 트램 속에서 창 밖을 바라보니 LA의 모습이 한눈에 보였다. 미술관은 건물 자체로도 하얀 대리석으로 만들어져 무척 아름답다. 리처드 마이어가 설계한 건물로 주변과 잘 어우러진다는 평가를 받았다. 정식 명칭은 J. 폴 게티 미술관으로 동서남북 4개의 전시관이 따로 건물을 가지고 센터를 이루고 있다. 소장된 미술품 목록도 대단하지만 뒤쪽에서 보이는 LA의 드넓은 전경이 서쪽에서 동쪽 끝까지 한눈에 내려다볼 수 있다. 브렌우드 언덕 정상에 위치해 가리는 것이 없기에 온전한 도시의 모습이 잘 보였다. 더군다나 날씨도 청명해 사진 속에 담기 더없이 좋았다. 산타 모니카 해변과 다운타운, 우리가 가봤거나 가보지 못했던 풍경들까지 모두를 담아보았다. 대신 산 위에 있다 보니 다소 쌀쌀한 바람이 불어와 옷깃을 여미게 했다. 오랫동안 풍경만 바라보기엔 온기가 더 필요해 보였다.

두 눈에 가득 풍경을 담은 다음에 실내로 들어와 작품을 감상했다. 고흐의 '아이리스', 세잔의 '사과'와 더불어 터너, 부세, 모네 등 유럽을 대표하는 화가들의 작품이 굉장히 많았을 뿐 아니라 실내 장식품도 다양하게 있어서 이게 사설 미술관이면서 무료로 운영된다는 것이 놀라웠다. 아이는 전혀 관심이 없어서 의자만 찾아 앉으려 다녔고 장난감을 만지작거리며 나와 아내를 간혹 멀뚱히 쳐다보며 기다렸다. 나는 아내가 말하는 공인 미술 애호가답게 회랑을 누비며 작품을 즐겼다. 사진 찍는 것에 대해 자유로워서 아이를 데리고 여러 작품 사진을 찍었다. 아이는 그림 속 모습을 따라 하면서 사진 포즈를 잡았다. 높은 곳에 있어서 그런지 날이 쌀쌀해 정원은 보지 않고 마감 시간까지 머물다 트램을 타고 다시 주차장으로 내려왔다.

우리는 오후 2시 30분 이후 들어와서 주차비를 할인받았다. 그렇게 또 밤거리를 달려 숙소로 갔다.

게티 센터에서 집

아내의 노력으로 핸드폰과 연동으로 차량 내비게이션이 연결돼서 이제 마음 편히 차량 내비게이션을 통해 혼자서도 길도 잘 찾으며 운전을 했다. 아내도 옆에서 일일이 길을 알려줄 필요가 없어서 한시름 놓았다. 이곳은 대중교통이 발달되어 있지 않아 다들 자동차로 다니니까 우리도 렌터카를 활용해 편리하게 이용하니 여행이 알찼다. 하지만 길게 보면 이건 문제가 있는 상황이었다. 대중교통이 발달해 지하철, 버스를 활용한 노선이 잘 개발돼야 공해를 일으킬 자동차 매연이 덜할 텐데 이렇게 너도 나도 차를 가지고 다니니 교통 대란에 공해까지 심한 듯했다. LA는 마천루가 즐비해 있는 수직형 도시가 아닌 수평적으로 늘어져 있는 도시 스프롤(urban sprawl) 현상이 심한 곳이라 대중교통이 발달하기 어려운 구조에 있으면서 친환경적인 도시는 더욱 아니었다. 아이는 숙소로 돌아와서 하루 종일 기대하던 장난감을 오픈해서 나와 아내, 어머니까지 불러 모아 폭발 쇼와 발굴 쇼를 마치고 조립 쇼까지 보여주며 장난감을 개봉했다. 이렇게 미국 여행의 첫 시작지인 LA에서의 여행을 부족함 없이 즐기다 가게 되었다.

게티 센터

게티 센터에서 바라본 LA

그랜드 기단 처마

캘리포니아 증후군

2020년 1월 17일(5일째)-코리아 타운.
LA/라스베이거스 고속도로

우리의 보금자리였던 LA 숙소

드넓은 서부를 가로지르는 로드 트립을 시작하는 날이었다. 미국으로 여행 오기 오래전부터 미국을 생각할 때 떠오르는 광활한 평원과 그곳을 가로지르는 고속도로와 그 위를 달리는 자동차들을 생각하면서 설렘과 막연한 두려움이 있었는데 드디어 내 손으로 운전을 하여 떠나는 날이었다. 그것을 아는지 개운하고 청명한 LA의 하늘이 우리를 반겼다. 드높은 야자나무와 낮은 건물들, 따뜻한 날씨가 있는 LA를 떠나는 날이다. 비좁고 조금 열악했지만 4일간 우리를 잘 보듬어 준 숙소와도 작별이다. 아침에 일어나 다들 부리나케 아침 식사를 하고 짐 정리를 하고 나왔다. 남아 있던 식빵은 구워 라즈베리 잼과 땅콩 잼을 발라 토스트를 만들어 점심으로 먹기로 했다. 숙소에서 나와 주차장에서 숙소를 배경으로 마지막 사진을 찍어 남기는데 아이도 사진 찍고 싶다고 본인이 앵글을 잡아 이리저리 찍어보았다.

미국에서 첫 주유

라스베이거스로 가는 날이라 지나가는 길이 마침 코리아 타운 쪽이라서 그렇게 말로만 듣던 코리아 타운을 가보기로 해서 서둘러 출발했다. 우리가 묵었던 숙소에서 한 20분 정도 가자 여기저기 한글이 적힌 간판이 등장하기 시작했다. 하긴 여기는 군이 코리아 타운이 아니어도 가끔 한글 간판이 보였다. 코리아 타운은 미드 윌셔와 올림픽 블루바드 일대인데 우리나라와 교류가 많았던 LA 특성상 서울특별시 나성구라는 별명도 있다. 곳곳에 한국 음식점, PC방, 병원, 은행 등이 있었고 우리나라에 있는 프랜차이즈도 곳곳에 눈에 띄었다. 과연 미국에서 뉴저지와 더불어 한인 사회의 중심 역할을 하는 도시다웠다.

코리아 타운을 눈에 잠깐 담고 주유를 하러 갔다. 라스베이거스까지
는 자동차로 5시간 정도 달려야 하기에 가득 찬 상태로 차를 달려
야 했다. 물론 고속도로 중간에 휴게소가 있었지만 처음 달리는 긴
거리였기에 미리 준비를 하는 것이 나았다. 우리나라와는 다른 방식
이어서 처음 해보는 주유에 긴장했다. 우리는 카드를 사용하지 않았
기에 먼저 매점 역할을 하는 카운터 건물에 가서 우리가 주유할 주
유기 번호를 말하고 돈을 낸 다음 와서 넣는 방식이었다. 주유기를
넣고 기름을 넣는데 긴장도 되고 기대도 되어서 아내에게 넣는 모습
을 찍어달라고 부탁했다. 기름이 절반 정도 있는 차에 30달러 주유
를 하는데 28달러가 넘어가니까 기름이 가득 차서 결국 밖으로 흘
러나왔다. 멈추고 정산을 해서 얼마간 남은 차액은 돌려받았다. 한국
보다 저렴한 미국 석유 물가를 느낄 수 있었다.

휴게소에서 잠깐 휴식

기름이 가득 차서 배부른 자동차에 올라 그렇게 LA를 뒤로 하고 라스베이거스를 향해 달리기 시작했다. 캘리포니아 LA의 거리에 가득했던 야자수와 하늘 높은 곳에서 내리쬐었던 햇빛, 드넓은 도시의 스카이라인, 여유로운 온도와 공기 등 모든 것이 그리울 것 같았다. 캘리포니아 증후군이 있다면 이런 것이 아닐까 싶었다. 처음에는 외곽으로 나오느라 시간이 지났지만 황량한 산들이 보이기 시작하더니 이윽고 아무것도 없는 들판이 가득 펼쳐지기 시작했다. 들판이라는 단어가 무색하게 사막이라는 표현이 어울릴 곳이었다. 눈이 닿는 어느 곳이든지 그저 땅이었다. 그 땅 위에는 인간이 지은 건물이 단 하나도 없어서 태초 지구가 만들어졌다면 저러한 모습이 아닐까 하는 생각이 드는 풍경이었다. 차창 밖으로 보이는 풍경은 살면서 처음 보는 모습이라 운전하면서도 꿈길을 달리는 듯했다.

라스베이거스를 향하여

200km 정도 직진해 나오는 중간 정류장인 에디 월드 휴게소를 향해 2시간을 달렸다. 라스베이거스에 도착하기까지 아무것도 없는 황량하지만 광활한 벌거숭이산과 선인장 나무와 땅이 끊임없이 이어져 대중 매체에서만 봐오던 미국 특유의 고속도로 감성을 느낄 수 있었다. 인터넷 검색을 해서 찾아놓은 휴게소에 도착해서 잠시 쉬어 가기로 했다. 아침에 싸 온 토스트와 휴게소에서 산 커피, 주스, 우유를 곁들여 식사하면서 잠시 숨을 돌린 다음에 다시 200km가 넘는 거리를 3시간 동안 달리기 시작했다. 우리나라를 가장 길다는 목포에서 속초까지 간다 해도 6시간인데 여기는 그저 인접 도시라고 생각되는 곳을 가는 게 5시간 가까이 걸리니 미국이라는 나라의 크기가 실감 나지 않았다.

400km가 넘는 길을 달리는데 그저 직진, 직진이었다. 이렇게 오래 운전을 하면 지루할 법도 한데 5시간이 전혀 지루하지 않았다. 그런 운전기사와는 반대로 승객인 어머니, 아내, 아이는 내내 앉아있는 것이 지루한지 잠을 청하기도 했다. 머릿속으로 상상만 했던 풍경을 직접 두 눈으로 보며 그 사이를 운전대로 가로지르는데 팝송에서 나오던 미국 감성이 느껴지는 듯했다. 그래서 운전하는 나는 아내에게 요청해 자주 들던 80, 90년대 미국 팝 음악을 들으며 감회에 젖었다. 특히 이글스의 'Hotel California'와 토토의 'Stop Loving You'는 나를 아날로그적인 감성으로 물들게 했다. 크게 음악을 틀어놓고 이 고속도로를 달리는 것, 이것이야말로 이번 여행이 나에게 줄 수 있는 보물 같은 경험인 것 같다. 이때 처음으로 렌트하기를 잘했다는 생각이 절로 들었다.

코리아 타운

끝없이 펼쳐진 사막과 외로운 고속도로

잠들지 않는 라스베이거스

2020년 1월 17일(5일째)-라스베이거스 스트립

LA에서 차를 몰고 간지 5시간 정도 지나 이제 한낮의 오후가 한풀 꺾일 때쯤 저 멀리 사막 위에 솟아오른 도시가 보이기 시작했다. 라스베이거스였다. 카지노와 호텔이 가득 찬 일명 죄악의 도시(Sin City)라고 불리는 이곳은 미국의 대공황 이후 뉴딜 정책으로 근처에 있는 후버댐 개발로 인해 휴식 시설이 있는 도시로 조성되기 시작해서 대재벌이었던 하워드 휴즈가 이곳에 있는 부동산을 매입해 고급스러운 오락, 도박 도시로 탈바꿈하여 지금까지 내려오고 있다. 도박의 도시로서 명성은 세계 최고지만 중국 마카오의 성장세에 밀려 지금은 마카오보다 수익이 적긴 하다. 그래도 라스베이거스하면 자타공인 세계 최고의 유흥 도시인 것은 틀림없었다.

라스베이거스 메인 스트립에서 어머니와 아이

라스베이거스에 진입했을 때에는 아직 날이 밝은 오후라서 틈틈이 보이는 유명 호텔들을 통해서 이곳에 왔음을 실감했다. 메인 스트립에서 조금 떨어진 곳에 위치한 우리가 묵을 호텔에 도착했다. 적당한 가격이지만 스위트룸이라 방이 넓어서 널찍한 침대도 2개나 있었으며 무엇보다 주방이 훌륭했다. 순간 LA의 숙소 주방과 그곳에서 했던 요리들이 생각났다. 단 하루만 머물고 떠나는 거라 짧게 머무는 것이 너무 아쉽게 느껴졌다. 요리를 못하는 것에 대해 나는 너무 아쉬웠다.

그래도 다 같이 두근거리는 마음을 안고 모노레일을 타고 라스베이거스 남쪽 스트립으로 향했다. 라스베이거스는 도시가 세로로 모노레일 연결이 되어 있어서 중심가로 갈 때 이용하기 편리했다. 저물어가는 햇살을 받으며 메인 스트립에 내렸다. 그리고 아이와 함께 보기 위해 코카콜라와 m&m스토어를 둘러봤다. 미국 안에서는 커녕 전 세계에 3~5개 정도만 있는 매장들인데 꼭 가봐야 하는 쇼핑 장소라고 해서 방문했다. 코카콜라 매장에서 놀랐던 것은 수많은 패션, 액세서리 등 콘텐츠로 만들어진 작품보다는 종류별로 먹을 수 있는 코카콜라 음료 세트였다. 사람들이 각종 맛과 톡 쏘는 맛으로 무장한 탄산들을 시음하듯이 마셔보는 게 너무 이색적이고 웃겼다. m&m매장에 가서는 아이가 눈이 휘둥그레졌다. 각종 초콜릿을 보며 정신없이 돌아다니고 구경하길 반복했다. 나도 이런 초콜릿 매장은 처음이었기에 이렇게 많은 초콜릿으로 가득 찬 공간이 신기했다. 아이는 고심 끝에 초콜릿이 담긴 작은 둥근 케이스를 하나 샀다.

전 세계에 1개뿐이라는 허쉬 초콜릿 매장

그리고 스트립을 걸으며 각종 호텔들의 거대한 위용을 느꼈다. 소비와 환락이 쌓아 올린 위용에서 미국의 또 다른 면을 보았다. 거리는 각지에서 온 들뜬 사람들로 가득했다. 겨울에도 이 정도면 여름에는 얼마나 많을지 상상이 안 갔다. 예전에 마카오를 갔을 때 날이 비오고 안 좋아서 밖에서 못 즐겨서 아쉬웠는데 이곳은 걸어가기에 부담이 없었다. 날이 어두워지자 우리는 꼭 봐야 한다는 무료 쇼 중에서 손꼽히는 벨라지오 호텔 분수 쇼를 한 곡 감상했다. 잔잔한 음악에 어우러져 높이까지 솟구치는 분수가 인상적이다. 호텔 안에 들어가 초콜릿 분수, 정원도 구경하고 아이가 먹고 싶어 하는 초콜릿 아이스크림도 사 먹었다. 그리고 또 하나의 무료 쇼인 미라지호텔 화산쇼도 30분을 기다려 구경했다. 규모는 작았지만 뜨거운 열기가 가득한 불꽃에 다들 넋 놓고 보았다.

이날 저녁은 우리나라 방송에서도 나왔던 비닐에 담긴 매운 해산물 찜을 파는 가게에 갔다. 갔더니 이미 많은 손님으로 가게 안은 거의 만석이었다. 한국인도 간혹 있었지만 그보다 백인, 흑인 등 외국 사람들이 대부분이라 조금 놀랍기는 했다. 다행히 오래 기다리지 않아 자리를 잡고 주문을 했다. 매콤한 맛을 원한 어른들을 위해 매운 새우, 가재 찜을 주문했다. 주변 사람들을 보니 다 새우와 가재를 손으로 잡고 뜯어먹고 있었다. 우리도 음식이 나오자 새우와 가재를 손으로 뜯어먹었다. 짜고 매운 소스와 밥이 있어서 오래간만에 한국의 맛을 느낄 수 있는 한 끼였다. 그리고 분리수거는 전혀 하지 않고 일회용의 나라이기에 가능한 식사이기도 했다. 왜냐하면 식사 후에 그 테이블에 있는 전부를 모아서 버렸기 때문이다. 테이블에 까는 비닐부터 해서 모든 것이 일회용이었다. 일회용의 나라라는 것이 다시금 실감 된 순간이었다. 식사 후 나온 거리는 이미 어둠이 짙게 깔렸지만 인간이 만들어 놓은 네온사인과 불빛과 소음으로 조용해질 줄 몰랐다. 어느 곳을 가도 술에 취한 사람과 웃음을 만날 것 같았다.

다들 참고 듣기 시작

이렇게 즐거움과 사람들과 놀거리가 가득한 밤거리를 걷다 호텔까지 돌아왔다. 이날은 도시에 도착하기 전까지는 자동차만 탔으니 도착해서 저녁 시간대에만 도보로 2만 걸음 이상, 7km 정도를 걷느라 다들 발바닥이 고생했다. 아이도 정말 지쳤는지 가는 길에 힘들다는 이야기를 몇 번 했다. 그래서 안아주기도 했는데 그래도 이제는 목마 태워달라는 소리를 먼저 하지 않았다. 방에 들어와서는 "발에 힘을 다 썼어요!"라고 하며 침대에 그대로 늘어져 있었다. 카지노도 없고 번쩍거리지 않지만 편안한 이 방이 정겹다. 나는 넓은 욕조에서 아이와 물놀이를 했는데 전날에도 깊게 자지 못하고 장시간 운전에 계속 걸어서 그런지 엄청 피곤했다. 아이가 욕조만 보면 수영하고 싶다고 해서 하긴 했는데 너무 피곤했는지 하는 도중 내 얼굴은 피곤함에 벌게졌다. 아이와 물놀이를 끝내고 오늘 찍은 사진을 정리하고 침대에 누워 눈 감자마자 깊게 곯아떨어졌다. 어쨌든 라스베이거스의 하룻밤은 인상 깊었고 많이 걸었으며 또한 굉장했다.

코카콜라 매장

라스베이거스 스트립

벨라지오 분수쇼

인간의 손길, 지구의 주름

2020년 1월 18일(6일째)-후버댐, 그랜드 캐니언

너무 좋았던 숙소를 정리하고 짐을 빼서 라스베이거스의 아침 거리를 달렸다. 아침 식사를 하러 가는 길에 경찰들의 범인 체포 현장을 목격했는데 우연히 본 것이지만 여태까지 살면서 그런 장면은 처음 봤기에 너무 놀랐다. 천천히 운전을 해서 일단 근처 도로 옆 쇼핑센터로 가서 먼저 주유를 했다. 두 번째라 주문과 버튼 누르고 주유하는 과정은 여유가 있었지만 부족분을 채우기 위해 주문했던 20달러에 또 기름이 넘치게 담겼다. 하지만 19.XX로 거의 성공했다. 새어 나오는 기름에 "아까운 석유."라 말하며 탄식이 나왔다. LA도 저렴했는데 네바다주는 기름값이 더 쌌다.

그리고 쇼핑센터 안에 있는 우리가 사랑하는 버거인 인 앤 아웃 버거로 아침을 먹었다. 매운 할라피뇨가 있고 신선한 재료에 적당한 가격으로 모두 잘 먹어서 벌써 두 번째 방문하고 있다. 사실 미국 음식 하면 대개 이런 버거 아니면 스테이크, 피자, 샌드위치, 바비큐 등이 생각나지 뭐랄까 진짜 식사라고 해야 하나 그런 것이 잘 생각나지 않았다. 그중에 인 앤 아웃 버거는 한국에 있을 때부터 꼭 방문해보고 싶고 동부로 넘어가면 먹고 싶어도 먹지 못하니 먹을 수 있을 때 먹자는 생각이 컸다. 안에는 손님도 1명밖에 없어서 첫 방문 때보다 훨씬 여유 있게 즐길 수 있었다. 친절한 점원이 직접 서빙도 해줬다. 아이는 "Can I get a sticker?"해서 스티커 선물도 받았다. 아내는 그 사이 주문 스킬이 늘었는지 주문도 다르게 해서 맛있는 버거와 감자튀김을 우린 먹을 수 있었다. 차를 타고 이동하기 전에 먼저 스타벅스에 가서 라테와 아메리카노를 사서 여행길에 올랐다.

미국 맛집 머기, 딴 왜 이모

처음엔 근처에 있는 후버댐에 갔다. 후버댐은 콘크리트로 만들어진 댐으로 제1차 세계 대전 이후 불어닥친 대공황 시기에 콜로라도 강의 홍수 방지 차원겸 경제 활성화 일원으로 1935년부터 건설된 댐이다. 뉴딜 정책을 이야기할 때 단골로 등장하는 건축물이기도 하다. 댐으로 가는 길은 외길이라 구불구불 이어졌는데 아침 시간에도 불구하고 들어가기 위해 대기하는 차량들이 있었다. 왜 그런가 싶었더니 주요 시설이라 그런가 검문검색을 엄격하게 했다. 그래서 어떤 사람은 내려서 차 트렁크도 보여주고 샅샅이 조사하기도 했다. 그걸 보자 조금 긴장되긴 했는데 우리는 아이도 있고 어머니도 있어서 누가 봐도 동양인 가족이었기에 염려하지는 않았다. 내 차례가 되자 창문을 내리고 인사를 했다. 경찰은 나에게 무기를 갖고 있거나 총이나 날카로운 물건이 있냐고 물어봤다. 긴장된 상황에서는 희한하게 귀가 더 잘 들렸다. 경찰관의 무미건조한 질문에 나는 당연히 없다고 했고 경찰은 뒷좌석에 탄 아이를 보더니 금방 가라고 보내줬다. 가는 길에 주차장이 있고 차들이 있길래 여기서 왠지 조망할 수 있는 뭔가가 있을 듯해 여기서 주차해 걷기로 했다. 과연 그 주차장은 댐까지 직접 가지 않고 맞은편 메모리얼 브리지에서 후버 댐을 바라보는 사람들을 위한 주차장이었다. 우연한 선택이었지만 탁월한 선택이었다. 우리는 댐에 직접 가지 않고 건너편 다리에서 바라보기로 했다. 주차장에서 조금 더 위로 올라가 보니 다리가 보이기 시작했다.

이윽고 후버댐 전체 모습이 보였는데 직접 눈으로 보니 댐의 크기와 깊이가 어마어마했다. 처음에는 그 거리가 깊이나 크기가 가늠조차 안되서 진짜인가 싶기도 했다. 아내는 떨어질까 봐 무서워 다리 난간에 가까이 가는 것조차 무섭다고 했다. 아이는 신나서 다리 끝까지 건너가고 싶다고 했지만 우리는 다리 중간까지 가서 사진도 찍고 구경을 했다. 후버댐은 영화에도 자주 등장하는 소재이고 그 발전량은 상당해서 캘리포니아, 네바다, 애리조나 주에 공급된다. 워낙 대공사이기에 건설 당시 이야기도 많은데 5년간 2만 명이 넘는 사람들이 건설에 참여했고 어마어마한 콘크리트 양은 아직도 회자된다. 아직까지 콘크리트가 굳지 않은 부분이 있다는 이야기가 들려올 정도였다. 본래 후버댐은 이름이 볼더댐으로 이 댐과 관련된 일하는 사람들이 거주하는 볼더시티가 근처에 있었다. 나중에 후버 대통령을 기념해서 1947년에 이름이 후버댐으로 개칭되었다.

후버댐을 배경으로

후버댐에서 한 시간 반을 더 달렸다. 오늘은 끝없는 대지와 산으로 둘러싸여 있는 풍경이었다. 신호등 하나 없이 오로지 길게 나있는 도로를 통해서 오늘의 메인이자, 세계 자연경관의 끝판왕이라 할 수 있는 그랜드 캐니언으로 갔다. 끝없이 평평한 대지 위에 길게 늘어선 그랜드 캐니언이 보이는 순간 몇백 km가 끝없이 이어진 듯해서 입이 다물어지지 않았다. 실제로 이 협곡의 길이는 400km가 넘는다고 한다. 대한민국 영토가 그 안에 들어있는 것이었다. 그곳이 시야에 들어와도 그곳까지는 또 한참을 자동차로 달렸다. 그랜드 캐니언은 애리조나 주에 있는 거대한 협곡으로 세계 자연유산으로도 등록되었다. 콜로라도 강이 유유히 흐르고 그곳을 둘러싼 거대한 협곡은 도도하게 흐르는 시간의 역사를 붙잡아 퇴적층을 형성하고 있었다. 우리에게 주어진 시간은 몇 시간 되지 않았기에 그랜드 캐니언을 최대한 볼 수 있을 만큼 꼼꼼하게 봐야 했다. 처음에는 이곳에서 1박을 할까도 생각했지만 일정을 조율하다 보니 당일치기로 다녀오

기로 해서 시간을 아껴야만 했다. 유명한 포인트들이 있었지만 그곳
까지는 가는 길이 멀어서 1박을 하거나 새벽에 갔다가 밤늦게 도착
하는 일정으로 짜야만 했기에 고민하다가 다행히도 최근에 만들어진
새로운 포인트가 있어서 가기로 했다. 바로 스카이워크 관광지였다.

힘짐 갑은 그랜드캐니언을 배경으로

우리는 그랜드 캐니언의 초입에 자리 잡은 스카이워크 관광지로 내
비게이션 목적지를 설정해 달리고 또 달렸다. 예전에는 알려지지 않
다가 최근에 개발이 되었는지 도로는 포장된 지 얼마 안되어 보였
다. 하긴 한국에서 여행 계획을 세울 때 이곳을 검색해봤을 때는 비
포장 도로라고 나와 있었다. 아무리 거리가 짧다해도 큰 도로에서
들어가는 것이 몇십 km의 길인데 비포장이라니 잘 포장된 도로를
달리면서 그 생각을 하면 조금 아찔하기도 했다. 인디언 보호 구역

이라서 실제로 인디언들이 거주하고 있었고 운영도 이들이 하고 있었다. 그래서인지 입장료는 꽤 비쌌다. 하지만 첫 번째 장소였던 이글 포인트 절벽 아래로 펼쳐진 광경은 굉장했다. 다들 처음 보는 광경이었기에 이 태초의 품격을 간직한 자연의 모습에 찬탄할 수밖에 없었다. 신이 갓 빚어낸 자연의 속살을 보는 듯한 신비로운 광경이 끝도 없이 펼쳐져 있었다. 자연경관을 좋아하는 어머니와 아내도 감탄을 금치 못했고 도시를 좋아하는 나도 이 규모에 입이 다물어지지 않았다. 층층이 쌓인 퇴적과 절벽이 꼭 CG 같아서 손을 뻗으면 사라질 것만 같았다.

그랜드 캐니언 웨스트

밤에 다시 라스베이거스로 돌아가야 하는 일정이라 시간이 많지 않았기에 나의 빠른 상황 판단으로 우리는 어마어마하게 많은 사진을 빠르게 찍고 구아노 포인트로 이동했다. 이곳에서는 깊은 협곡의 콜로라도 강줄기가 여실히 보였고 언덕 정상에 올라 360도 파노라마로 캐니언을 감상했다. 아까 봤던 장소보다 훨씬 압도적이고 웅장하면서 훼손되지 않은 지구의 모습이 그대로 보였기에 다들 그 모습에 마음이 숙연해졌다. 눈 안에 다 담고 싶어도 가득 차 넘칠 지경이었다. 구경을 마치고 저무는 해와 함께 다시 라스베이거스를 향해 달렸다. 가는 도로 곳곳에는 소가 다닌다는 팻말이 있었는데 실제로 도로를 어슬렁 거리는 소 가족을 만나기도 했다. 사막에 군집을 이루고 있는 조슈아 트리가 떠나가는 우리를 배웅하는 듯했다. 시간대가 바뀌어있을 정도로 먼 거리를 달려왔지만 도로의 끝이 없을 것 같을 정도로 대륙의 스케일을 느낄 수 있었다.

라스베이거스에서 무엇을 먹어야 할지 딱히 떠오르는 것이 없어서 다시 저녁 식사는 인 앤 아웃에서 버거를 세 번째로 먹고 라스베이거스 스트립을 차로 돌아보며 마무리했다. 서부 여행 6일 동안 잘 써먹은 렌터카도 반납하고 라스베이거스 국제공항인 매캐런 공항에 갔다. 다소 연착되어 자정 12시에 출발했는데 비행기에 타자마자 모두 깊은 잠을 잤다. 이렇게 미국 여행의 전반전이 마무리되고 휴식 타임으로 캐나다에 머물기 위해 북쪽으로 향하는 비행기에 몸을 실었다.

웅장한 후버댐

태초의 자국을 간직한 그랜드 캐니언

겨울 왕국에서의 쉼표

2020년 1월 19일(7일째)-토론토 구시가지, 영 던다스 스퀘어

늦은 밤 라스베이거스에서 우리를 태운 비행기는 드넓은 북미 대륙을 가로질러 겨울 왕국 캐나다 토론토를 향했다. 가는데 4시간 정도가 걸려서 밤새 비행기에 있게 되어서 오늘은 비행기가 우리의 호텔이 되었다. 자리가 다 제각각이라서 창가 쪽이었던 나는 옆자리에 어떤 백인 할아버지가 타셨는데 간단히 인사만 하고 잠에 빠져들었다. 푹 잤는지 한 번도 깨지 않고 내리 3시간을 잤다. 다소 개운한 느낌으로 눈을 떠보니 옆자리에 앉은 할아버지는 안 자고 계셨다.

둘 다 멀뚱히 있기 뭐해서 짧은 영어 실력이지만 말을 걸어보았다. 그래서 도착하기 전에 옆자리 할아버지와 많은 이야기를 나누었다. 일단 알게 된 사실은 캐나다 사람이고 사는 곳은 몬트리올, 역시나 사는 곳답게 프랑스어를 꽤 잘한다는 것과 손녀가 있고 자식들 중 둘째는 양봉업자이고 근육맨이라는 사실을 알았다. 그리고 라스베이거스에 관광차 놀러 왔다가 가는 것도 알게 되었다. 먼저 직업을 물어보길래 나의 직업을 밝히고 현재 가족 여행 중이라는 것과 우리의 여행 루트를 말씀드렸다. 그리고 미국 서부에서 찍은 사진들을 보여드렸다. 특히 내가 그랜드캐니언에서 점프하고 찍은 사진을 보고 놀라워하셨다. 짧은 영어 실력으로 띄엄띄엄 이야기를 했지만 의외로 많은 대화를 할 수 있어서 놀라웠다.

캐나다 토론토 도착

짧지만 깊게 푹 잔 나와는 달리 아이는 한창 잘 시간에 앉아서 자는
걸 불편해했다. 어머니와 아내, 아이는 가운데 쪽 같은 라인에 탔는
데 아이가 유독 잠을 잘못 잤나 보다. 아무튼 밤 비행기 덕분에 북
미대륙 서부에서 동부로 순간이동을 한 것 같다. 나를 제외하고는
다들 정신 차리기가 쉽지 않았다. 토론토 피어슨 공항에 도착해서
짐을 찾는데 밀려서 꽤 오래 기다려서 찾았다. 입국장 밖으로 나와
보니 벌써 아침 8시가 훌쩍 넘었다. 올드 토론토까지는 기차를 타고
이동했다. 공항 안에서는 날씨가 추운지 몰랐는데 기차 창 밖을 바
라본 풍경은 눈이 많이 내려서 그런지 설국이었다. 우리가 도착하기
전에 폭설이 내린 듯 온 세상이 하얗게 변해있었다. 아이는 졸려해
서 계속 내가 안고 다니다가 기차에서는 만화 영화를 보면서 갔다.
토론토의 구시가지 중심에 위치한 유니언역에 도착해서는 아이가 화

145

장실이 급하다고 해서 도착하자마자 캐나다에 자신의 영역을 남겼다. 밖에 나오니 캘리포니아와는 전혀 다른 세상이 만들어져 있었다.

토론토 유니언 역

문을 열자마자 불어오는 칼바람에 두 뺨이 얼얼하고 캐리어를 잡고 있는 손가락은 끊어질 듯 따갑게 느껴졌다. 이날 아침은 영하 10도 정도 되었는데 LA와 라스베이거스의 훈풍에 익숙해졌던 우리는 겨울을 잊고 지냈다가 이곳에 와서 한겨울의 매서움을 알게 되었다. 빌딩 사이로 찬바람이 불어오고 길바닥은 눈이 쌓여있는 도시라 다들 꽁꽁 싸매고 조심스럽게 숙소로 이동했다. 캐리어를 끌고 가는데 손가락 마디마디가 아프도록 시렸다. 한 가지 놀랐던 점은 보도블록 밑에서 새어 나오는 열기에 몸을 뉘이고 있는 노숙자들이 몇 있었다

는 것이다. 토론토면 캐나다에서도 고소득에 속하는 도시이고 우리
가 서있는 곳은 도시 중심지인데 가는 길마다 보여서 복지 문제에
대해 생각해보게 했다. 미국과는 달리 캐나다에는 이런 문제가 없을
줄 알았는데 나오자마자 이런 광경이 눈앞에 보이니 빈곤 문제가 생
각보다 심각한 듯했다. 가는 길에 이튼센터를 구경하듯 가로질러 갔
다. 가까운 거리에 있는 호텔에 걸어서 도착해서는 아침 시간이었기
에 일단 짐만 맡기고 브런치를 먹기로 했다.

캐나다에서 첫 끼

어느 식당을 갈지 정하고 나왔어야 했는데 일단 나온 상황이라 고민
이 조금 되었다. 날이 쌀쌀해 걸어가는 데 부담이 될 듯하여 블록을
돌자 사람들이 많은 식당이 있기에 내가 한번 들어가자고 했다. 들

어가 보니 거의 캐나다 현지인에 여행객은 우리뿐인 듯했다. 주문을 하는데 간단한 음식을 이것저것 많이 물어봐서 낯설었다. 고기 굽기부터 빵은 흰 빵인지 갈색 빵인지, 달걀은 스크램블인지 써니사이드업인지 자세하게도 주문을 받았다. 식사가 나왔는데 1인분이 우리 1.5인분 이상이었다. 우리 4명은 캐나다 사람 2인분으로 배불리 식사를 했다.

식사하고 난 뒤 캐나다의 명물인 팀 홀튼 카페를 가기 위해 주변을 배회했다. 우리나라의 이디야, 빽다방같은 가성비 좋은 저렴한 가게라서 그런지 3곳을 들려서 겨우 자리가 있는 가게를 찾았다. 오전 시간에도 많은 사람이 카페에 앉아있었다. 카페에 가서 도넛 3개와 아내가 먹고 싶어 했던 더블더블, 블랙커피를 주문했다. 역시 하나에 2천 원 남짓의 저렴한 가격이었다. 아내와 어머니는 피곤했는지 테이블을 베개 삼아 한참을 졸고 아이는 아내 핸드폰으로 만화 영화, 나는 핸드폰으로 여행 사진을 보면서 시간을 보냈다. 그렇게 작은 사각의 핸드폰 화면에 빠져있으니 어느 순간에 여기가 캐나다가 맞나 하는 생각이 들면서 정신이 얼떨떨하기도 했다. 밤새 비행기를 타고 왔는데 잠을 제대로 못 잤으니 피곤할 법도 했다.

눈이 많이 쌓였던 토론토

오후 2시를 넘기고 일단 피곤하니 호텔로 다시 돌아와서 아내와 어머니는 샤워를 한 다음에 낮잠을 청하고, 나와 아이는 욕조에서 물놀이, 게임을 하며 시간을 보냈다. 아내와 어머니는 한참 낮잠을 즐기고 나서 오후 5시 30분을 넘기자 주변이 어두컴컴해졌다. 둘을 깨운 다음 출출하니 저녁을 먹으러 나왔다. 토론토가 영하 10도 이하인 날씨였기에 영상 20도인 곳에서 바로 온 우리는 추위를 많이 탈 수밖에 없었다. 기온 30도의 격차는 생각보다 컸다. 그래서 뜨끈한 국물로 몸을 추스르고 잠시 여행의 숨을 고르고 싶어서 무엇을 먹을지 고르고 고르다 결국 토론토 현지인들이 찾는 맛집이라는 일본 라멘을 먹기로 했다. 라멘 집은 로컬 맛집이라 평소 대기가 많다고 해서 자리가 있을까 싶었는데 마침 우리가 딱 갔을 때 마지막 자리가 있어서 대기 없이 식사를 할 수 있었다. 종업원들이 다 일본인이라 나는 오래간만에 일본어를 쓰가며 주문을 했다. 각자 라멘을 주문하고 추가로 교자와 쌀밥도 주문했다. 주문한 음식이 나오자 모락모락 김이 나는 뜨끈한 국물을 입안으로 들이밀면서 잠시 추위를 잊었다. 라멘과 교자, 쌀밥을 먹으며 속을 데웠는데 오후 내내 나와 같이 놀았던 아이는 막판에 많이 졸려 했다. 어른들도 체력이 이런데 아이도 지치지 않는다고 하지만 힘들기는 마찬가지였다.

끝나가는 식사를 서둘러 마치고 바로 근처에 있는 영 던다스 스퀘어 쪽으로 나왔다. 토론토의 작은 타임 스퀘어라고 불리는 곳인데 아담하니 둘러볼 만했다. 서울 삼성역 사거리보다 훨씬 작은 규모라서 한눈에 가늠할 수 있는 규모였다. 든든하게 속을 채우고 나오니 밤공기가 제법 시원하게 느껴졌다. 졸린 기분도 깨어나는 듯해서 눈 쌓인 광장에서 눈싸움도 하고 누군가 만들어 놓은 눈 뭉치 위에 올라가기도 하면서 겨울 왕국의 밤공기를 시원하게 마셨다. 영 던다스 스퀘어에 있는 마트에서 어머니가 과일을 많이 못 먹은 것 같다고 해서 간단히 과일과 주전부리를 사고 호텔로 돌아와 일찍 잠을 청하기로 했다. 여행 내내 과일이나 채소를 많이 못 먹는 식단이라서 캐나다 과일을 사서 다 같이 야식으로 즐겼다. 내일은 다시 짐을 싸고 나이아가라 폭포를 보러 떠날 계획이라 특히 어머니께서 기대를 많이 하셨다. 그리고 비행기를 타고 다시 미국 워싱턴으로 가서 짐을 풀 예정이었다.

150

영 던다스 스퀘어(낮)

영 던다스 스퀘어(밤)

나이야, 가라

2020년 1월 20일(8일째)-나이아가라 폭포

아침 7시 알람이 울리자 모두 약속이나 한 듯 벌떡벌떡 일어났다. 짐을 싸고 토론토의 추위에 맞춰 옷을 겹겹이 입고 영 던다스 스퀘어로 향했다. 오늘은 영하 13도까지 떨어지는 날씨라서 아내는 윗옷을 5겹이나 입었다. 어제 추위에 벌써 적응했는지 생각보다 날이 춥지는 않았다. 밖은 출근 시간이라 그런지 많은 토론토 사람들이 저마다의 일터를 향해서 부지런히 걸음을 옮기고 있었다. 우리도 호텔에서 가까운 버스터미널까지 부지런히 발을 놀려 한 손에는 캐리어, 한 손에는 아이 손을 잡고 열심히 걸었다. 인파에 휩쓸리지 않도록 긴장하면서 걷다 보니 생각보다 일찍 도착했다.

터미널 안에는 죄다 관광객으로 보이는 옷차림을 한 사람들이 있었다. 나이아가라 폭포로 가는 버스에 설레는 마음으로 올랐다. 미리 예약을 해서 타는 버스인데 일찍 예약할수록 가격이 저렴해 상대적으로 싼 가격에 예매를 한 버스였다. 하룻밤에 안 있었지만 눈에 익었던 토론토 시내를 지나서 두 시간을 달려가는 도중 바다처럼 넓은 온타리오 호수를 볼 수 있었다. 온타리오 호수는 미국과 캐나다의 국경이기도 한데 북미의 거대한 호수인 5대호 중의 하나여서 정말 처음 봤을 때에는 바다인 줄 알았다. 가는 길에 보이는 캐나다의 마을과 집들이 한적하고 한가롭게 느껴져서 겨울 왕국의 풍경을 떠올리게 했다.

폭포 앞에서 나, 아내, 아이

어느새 나이아가라 폭포 터미널에 도착해 버스에 탄 사람들은 신속하게 내려 저마다의 교통편으로 폭포를 향해 갔다. 우리는 터미널에서 우버택시를 타고 나이아가라 폭포로 갔다. 택시 기사님이 말씀하시길 며칠 전에 폭설이 내려서 이곳도 엄청난 눈이 내리고 통행이 어려웠는데 다행히 오늘은 화창하고 눈도 안 내려서 보기에 아주 좋다고 하셨다. 우리가 어제 토론토에 도착했을 때 눈 덮인 것이 그 폭설이 아닌가 싶었다. 택시에서 내리니 눈앞에는 거대한 강물이 몰려와서 세차게 아래로 떨어지는 거대한 폭포가 펼쳐져 있었다. 아프리카에 있는 빅토리아 폭포, 남미에 있는 이과수 폭포와 더불어 세계 3대 폭포로 불리는 나이아가라 폭포는 이름 때문인지 어머니가 꼭 와보고 싶으셨다. 이 폭포를 보기 위해 캐나다 토론토로 넘어온 것이었다. 그런데 실제로 폭포는 미국 영토에 속해있다. 하지만 모습은 미국 쪽보다 캐나다 쪽에서 봐야 한다고 해서 왔는데 실제로 보니 그 속도와 힘이 엄청났다. 신기하게 이 폭포는 뒤로 1년에 1m씩 이동한다고 한다. 그래서 수력발전을 활용해 수량을 조절해 폭포의 후퇴를 지연시키고 있다고 한다. 장엄한 폭포 소리와 물안개가 멋있었지만 바깥 날씨가 춥고 우리는 아침을 못 먹은 상태였다. 그래서 고민 끝에 나이아가라 폭포 인포메이션 센터의 2층 레스토랑에서 밥을 먹기로 했다. 그곳은 고급 레스토랑이면서 바로 나이아가라 폭포가 한눈에 내려가 보이는 최고의 명당이었다.

폭포 앞에서 아내, 아이, 어머니

처음에는 메뉴 가격을 보고 조금 망설였지만 미국에서 계속 햄버거 위주로만 먹어 어머니에게 제대로 된 식사를 대접하고 싶다는 생각도 했고 바깥의 추위를 피해 폭포를 감상할 수 있어서 조금 망설인 끝에 들어갔다. 점심 먹기에는 조금 이른 시간이어서 그런가 창가 쪽에도 자리가 많아서 우리는 정말 좋은 뷰가 보이는 곳에서 식사할 수 있었다. 소고기 스테이크, 버거, 치킨 수프, 샐러드, 파스타와 칵 테일, 모히토까지 주문해서 분위기를 냈다. 나는 007을 따라 한다고 마티니를 주문해서 마셨다. 다들 느긋하게 식사를 하고 커피, 주스까 지 주문해서 마시면서 여유롭게 쏟아지는 폭포를 감상했다. 그러다 가 무지개가 떴길래 마침 오후 2시 정도여서 나가서 사진 찍고 폭 포를 감상했다. 어머니는 정말 보고 싶어 했던 곳이라 유심히 보셨 다. 굉장한 울림을 주는 폭포를 바라보자니 시간 가는 줄 몰랐다. 시계를 보니 3시가 돼가자 서둘러 미국으로 넘어가기 위해 레인보우 브리지를 건넜다. 센트로 넣어 단지 1달러만으로 지하철 개찰구 지 나듯이 넘어가는 게 신기하고 신선했다. 그렇게 국경을 넘고 다시 미국에 도착했다.

무지개가 뜬 폭포

우리를 워싱턴으로 안내해 줄 비행기를 타기 위해 버펄로 공항까지는 우버택시를 타고 갔는데 도착하고 수속을 마친 다음에 시간을 보니 이륙 시간까지 많이 남지 않아서 아내가 기대했던 버펄로 윙을 먹을 시간이 부족했다. 더군다나 내가 화장실을 가서 큰일을 보는 바람에 식사는 꿈도 못 꾸게 되었다. 비행기는 제주도 가는 비행기보다 훨씬 작아 보여서 프로펠러 비행기를 제외하고는 여태까지 탔던 비행기 중에서는 내부가 정말 좁아서 버스인 줄 알았다. 고속도로를 달리는 듯한 아메리카항공의 작은 비행기를 타고 워싱턴으로 넘어갔다. 승무원이 음료를 나눠줄 때 아이가 "I want an orange juice."라고 또박또박 이야기했다. 그런데 승무원이 비행기 내부 소음으로 시끄러워서 못 알아듣고 다시 말해달라고 했다. 그러자 아이가 순간 얼어서 다급하게 아내를 바라봤다. 그 당황한 표정이 너무 귀여웠다. 아내가 다시 말해드리라고 하자 다시 크게 말하고 주스를 받았다. 아이의 영어 실력이 대단하지는 않지만 이런 순간에 소통이 가능하다는 걸 배우니 나름 도움이 되었다.

30분이나 빨리 로널드 레이건 워싱턴 국립 공항에 도착해서 다들 비행기 시간에 의아해했다. 비행기 시간이 이렇게 차이가 나다니 이것도 새로운 경험이었다. 입국장에서 나왔는데 짐 찾는 곳에서 우리 짐을 찾을 수 있는 곳이 어딘지 몰라서 헤매다가 아내가 찾아냈다. 이미 우리 짐은 나와서 누가 세워놓았다. 워낙 많은 비행기가 오가는 곳이라 그런지 후다닥 넘어가는 듯했다. 우리 호텔까지는 지하철을 타고 가기로 했다. 지하철 카드는 1회용으로 샀는데 티켓이 아닌 카드로 되어 카드값을 내야 했다. 카드값 2달러가 환불 안돼서 아쉽지만 기념품으로 삼기로 했다. 역에서 내려 호텔까지 걸어가는데 연방 정부 청사들이 많은 곳이라 다들 퇴근해서 그런지 거리가 깜깜하고 지나다니는 사람도 거의 없었다. 가로등도 생각보다 많은 것 같지 않아서 약간 어두컴컴한 분위기까지 띄었다.

무사히 도착해서 호텔에 체크인하고 시간이 다소 늦어 바로 저녁식사를 하기 위해 1층 식당으로 갔다. 식당은 전형적인 미국 요리를 파는데 아까 못 먹은 버펄로 윙을 비롯한 볼케이노 샐러드, 치즈 감자, 바질 페스토 파스타, 아보카도 새우 샐러드 등을 주문했다. 여기가 미국인데 깜빡 잊고는 점심에 먹었던 레스토랑의 소량의 요리를 생각하고 주문을 무심코 많이 해버렸다. 양이 상당히 많았지만 다들 배고픈 상태여서 맛있게 허겁지겁 비웠다. 3일 동안 계속 이동만 해서 다들 약간 지친 상태였기 때문에 워싱턴에서 머무는 3일이 기대되었다.

레인보우 브리지와 보이는 미국 영토

버스 같았던 비행기

This is America!

2020년 1월 21일(9일째)-워싱턴 시가지

아침 7시에 일어나 조식을 먹으러 갔다. 미국에서 첫 호텔 조식이고 무료 쿠폰을 3개나 받은 터라 기대가 됐다. 가짓수가 많진 않았지만 달걀과 과일, 커피 위주로 먹고 워싱턴 여행 전에 허기진 배를 채우기 충분했다. 아이랑 어머니가 화장실을 가려는데 어디 있는지를 몰랐는데 아이가 "내가 물어볼까?"해서 직원에게 "Where is the restroom?"이라고 물어봤단다. 대답을 듣고는 길을 찾아서 화장실에 다녀왔다고 한다. 아이의 영어에 대한 자신감 변화가 놀라웠다. 식사를 마치고 방으로 올라와 워싱턴 첫날 여행을 위한 준비를 마쳤다.

워싱턴 D.C.는 미국의 수도로 개발된 계획도시로 미국 50개 주 어느 하나에 속하지 않는 특별 행정구역이다. 그래서 미 의회에도 의원을 보내지 않는 특수성이 있다. 미국의 3번째 수도이면서 현재 가장 오랫동안 수도 역할을 하고 있는 도시인데 그전에는 뉴욕, 필라델피아가 잠깐 수도 역할을 했었다. 포토맥강의 동쪽에 워싱턴 카운티가 지금의 수도 워싱턴으로 미국 어느 주에도 속하지 않는 것은 미국이 연방임을 잘 보여준다. 주의 연합체인 연방은 어느 주에 수도가 있게 되면 위급 상황 시 문제가 생길 수 있으니 어느 주에도 속하지 않는 연방 직할 영역이 필요했던 것이다.

워싱턴 기념탑에서 아이와 나

아침 공기를 마시며 우버 택시에 올라 워싱턴 기념탑으로 갔다. 거리가 조금 있고 날씨가 쌀쌀하거나 시간이 없을 때에는 우버를 이용했는데 시간을 아끼고 안전하고 신속하게 이동할 수 있는 점에서 만족스러웠다. 여전히 미세먼지 하나 없는 새파란 하늘과 높이 솟은 오벨리스크가 멋졌다. 진짜 오벨리스크는 아니고 본뜬 모양이지만 이곳의 랜드마크이자 상징으로 워싱턴 도시의 고도는 이 탑을 기준으로 제한이 되어 있다. 사실 호텔에서 더 멀리 있는 링컨기념관에서 내렸어야 했는데 아내가 워싱턴 기념탑과 헷갈려서 일찍 내리게 되었다. 안내를 맡은 아내는 워싱턴과 링컨을 헷갈리는 지식 부족을 너무 후회스러워했다. 나와 아이는 기념탑을 배경으로 점프샷을 찍어대며 실제로 본 건물에 대한 기쁨을 표현했다. 이미 여기서 내렸기 때문에 다소 추웠지만 구름 한 점 없는 푸른 하늘을 배경 삼아 천천히 걸어서 링컨 기념관으로 갔다.

워싱턴 기념탑과 마주 보는 거대한 기념관의 모습은 으리으리하고 웅장했다. 미국인들이 가장 존경하는 인물답게 그리스 신전 같은 분위기를 풍겼다. 에이브러햄 링컨은 한국에 노예 해방으로 이름이 많이 알려져 있지만 사실 그것보다는 미 연방 보전을 위해 노력을 많이 한 인물이다. 그래서 도리아식 열주 36개는 링컨이 사망할 당시 연방을 구성한 주의 숫자를 상징한다. 인권운동의 성지로 각종 차별, 전쟁 반대 시위가 많이 일어났는데 특히 마틴 루터 킹 목사가 연설을 한 곳으로 유명하다. 기념관에서도 많은 사진을 남겼다. 우리 같은 가족 여행객보다는 단체 관광을 오거나 학생들이 캠프로 와서 구경을 많이 했다. 날씨는 청명하지만 쌀쌀해서 핫팩을 깔 수밖에 없었다. 캘리포니아와는 다르게 이곳은 겨울이긴 겨울이었다.

근처에 있는 한국전쟁 기념공원도 들렀다. 그리 크지 않은 규모였지만 그 역사를 아는 우리 가족이었기에 뭉클하고 엄숙한 느낌이 감도는 건 당연했다. 미국 병사들의 모형이 놓여 있었는데 한국에서 태어난 우리는 이분들이 있기에 우리가 있다는 걸 잊어서는 안 된다고 아이에게 알려주었다. 그리고 근처에 위치한 백악관으로 방향을 돌려 걸었다. 백악관 안으로는 들어갈 수는 없어서 멀리 보이는 백악관을 무대로 앞에서 사진을 찍고 깔끔하고 단정한 워싱턴의 거리를 마저 걸었다. 워싱턴의 겨울은 한국만큼이나 추웠다. 살이 에이는 바람에 아이 두 볼이 빨개지고 또 오래 걷기를 힘들어했다.

링컨 기념관에서 아이와 아내

다음은 그 유명한 스미소니언 박물관들을 유람하는 시간이었다. 이번 워싱턴 일정에서 가장 많은 시간을 할애한 곳이기도 했다. 가장 먼저 미국 역사박물관에 갔다. 짐 검사를 하는데 아이가 대뜸 먼저 "There's nothing in my pocket!"하고 "Can I get a map?"해서 지도도 얻고 영어로 자기가 하고 싶은 말을 하는데 거침이 없었다. 아내와 어머니는 그 뒷모습을 보면서 많이 흐뭇해했다. 영어 공부를 시킨 것은 아니지만 집에서 영어에 친근해지기 위해 노력했던 것이 여기 와서 작게나마 빛을 발했다. 이곳에서 미국의 역사, 전쟁, 문화, 대통령 등 다양한 전시를 둘러봤다. 수많은 영어 단어가 나에겐 낯설었지만 익숙한 전시품들을 보면서 유익한 관람이 되었다.

계속 오래 걷는 게 힘든 아이에게 스미소니언 자연사 박물관은 공룡 박물관이라고 엄청 얘기해 놓아서 지루한 시간을 버티게 하는 기대 주었다. 입구에 들어서니 중앙 홀에 커다란 아프리카 코끼리 박제로 시작하여 공룡 화석과 뼈들, 동물들, 인류의 기원까지 살아있는 것 같은 전시품들을 돌아볼 수 있었다. 어렸을 때 과학 관련 책을 보면 항상 등장하는 이 박물관을 직접 내가 거닐고 보고 있다니 감회가 새로웠다. 놀라울 만한 이 작품들을 보는 게 모두 무료라니 워싱턴 관광의 필수코스라는 말이 틀리지 않았다. 나만큼은 아니지만 아이도 흥미로워하며 잘 따라다녔고 어머니는 잘 따라다닌다고 기념으로 장난감 공룡알 하나를 사줬다. 아이는 진짜로 부화하는 줄 알고 있었다.

국립자연사박물관에서 아이

점심을 먹으러 나와서는 북쪽으로 걸었다. 수많은 정부 청사가 곳곳에 있다. 법무부와 FBI도 지나쳤다. 점심은 간단하게 동부의 햄버거 명물 쉐이크섹 버거에 갔다. 우리나라에도 있기에 사실 전에 가본 가게라서 기대는 많이 되지 않았지만 본토의 맛이 어떨지 궁금하기도 했다. 가게 점원에게 주문을 하는데 나의 스타워즈 모자가 마음에 든다고 칭찬했다. 그래서 나는 이름을 적을 때 루크 스카이워커라고 응대했다. 햄버거 3종류와 프라이 2종류, 콜라와 밀크셰이크까지 종류별로 맛보았다. 빵이 부드러우면서 맛있은데 역시 가격이 비쌌다. 인 앤 아웃과 비교해서 상당히 비싼 가격으로 4만 원이 넘게 나왔다. 아무래도 내 입맛과 정서에는 인 앤 아웃이었다.

포드 극장 앞에서 아래, 아여, 어머니

링컨 대통령이 암살당한 포드 극장이 이 근처라서 방문했다. 포드 극장은 알다시피 남부 연방을 지지했던 존 윌크스 부스가 링컨을 단한 발의 총알로 암살했던 곳으로 미국 역사에 있어서 꽁장히 의미있는 장소였다. 별도의 입장료는 없고 기부금만 자유롭게 받고 있어서 우리도 기부금을 내고 구경을 했다. 안타깝게 그날 리허설이 있어서 극장 내부까지는 보지 못하고 밑에 조성된 박물관만 관람하고 나왔다. 링컨은 미국에서 상당히 존경받는 인물이기에 여러 미국인이 관람을 하고 있었다.

그리고 가까운 곳에 위치한 국립 초상화 박물관에 갔다. 별로 알려져 있지 않지만 이곳을 와야 하는 이유는 근대적 의미의 최초 민주 공화국인 미국의 지도자로서 역대 대통령들의 초상화가 있기 때문이다. 여기에서는 에너지가 떨어져서 아이, 아내, 어머니는 쉬엄쉬엄 보았다. 아이는 키즈 코너에서 아내와 함께 얼굴 그리기, 춤추는 동영상 찍는 것을 아주 좋아했다. 그리고 흑인 박물관 가드한테 덩치가 아주 커서 운동 선수해야겠다고 칭찬을 들었다. 나에게는 여자 박물관 가드가 내 재킷이 예쁘다며 마음에 든다고 칭찬을 해주었다. 일상적으로 상대방에게 보이는 게 있으면 칭찬하는 것이 의례적인 모습인가 보다.

저녁은 근처 바비큐 마켓에 갔다. 미국의 나름 유명 음식이라면 바비큐인데 워싱턴에서 유명한 가게라고 해서 방문했다. 주문 방식이 조금 특이했는데 자리에 앉고 음식을 내어주는 곳에 가서 먹고 싶은 부위, 내용을 말하면 즉석에서 썰어주었다. 우리는 닭고기, 소고기, 소시지, 등갈비까지 조금씩 받아서 먹었다. 양이 넉넉하게 있을 줄 알았는데 생각보다 양이 적어서 말없이 아내에게 양보하면서 먹었다. 워싱턴 박물관들을 쭉 훑고 지나간 덕분인지 오늘 하루 3만보를 걸어서 여행 기간 동안 걷기 최고 기록을 달성했다. 땀범벅이 된 채로 따라다닌 아이에게 모두 박수를 쳐줬다.

링컨 대통령 기념관

한국전쟁 기념 공원

미국의 수도, 워싱턴

2020년 1월 22일(10일째)-국회 의사당, 스미소니언 박물관

아이가 어젯밤 10시에 잠들더니 아침 6시에 홀로 일어나서 화장실 가서 오줌 싸고 놀잇감 달라고 어머니를 귀찮게 했다고 부스스 일어난 나에게 말했다. 나머지 식구들은 아침 7시에 일어나 조식을 먹었다. 아침에 먹다가 남은 커피를 싸들고 호텔을 나섰다. 예약된 투어 시간에 맞춰 국회의사당을 향해 걸었다. 화창한 날씨 속에서 인도 위에는 출근하는 사람들, 차도 위에는 저마다 목적지를 향해 가는 자동차들로 붐볐다. 조금 걸어가자 저 멀리 할리우드 블록버스터 영화에 단골로 등장하는 백악관과 함께 쌍벽을 이루는 국회의사당의 하얀 돔이 보였다. 국회의사당을 캐피톨(Capitol)이라고 부르는데 로마의 7개 언덕 중 카피톨리누스 언덕에서 이름을 따왔다고 한다. 실제로 가까이 가서 보니 매끄러운 백색 건물이 고풍스러우면서 위압감을 가져다주었다.

도착해서는 밑에 있는 방문객 센터로 가서 들어가려는데 입장 규정이 까다로웠다. 모든 음식과 심지어 물까지도 없애야 했다. 박물관 들어갈 때 물은 허용이 되었는데 말이다. 그래서 결국에는 아이 간식으로 가져갔던 사탕과 쿠키 과자는 먹지 못하니 쓰레기통에 버리고, 열지도 않은 1리터짜리 큰 생수 한 통을 가족이 나눠서 모조리 마셔야 했다. 그 때문에 시간도 지체되어 여유 있게 왔다고 생각했지만 겨우 오픈 시간에 안으로 입장할 수 있었다.

국회의사당 안 원형광장

투어가 시작되어 단체 극장에 모여 'E pluribis unim'이라는 영상을 보고 일일이 헤드폰을 받은 뒤 가이드를 따라가기 시작했다. 물론 설명이 영어라서 나는 잘 알아듣지도 못했다. 그런데 아까 입장전에 마신 물 때문에 모두 화장실이 급해서 화장실로 달려갔다. 화장실을 갔다오니 다른 가이드가 먼저 간 가이드가 있는 곳으로 안내를 해주었는데 그전에 화장실을 다녀왔다고 헤드폰을 물티슈로 닦아주었다. 뒤늦게 투어에 합류하여 로툰다, 원형 중심에 이르렀다. 거대한 원형광장에는 미국의 독립 영웅이자 초대 대통령인 조지 워싱턴과 미국 초기 역사를 주제로 한 벽화들이 걸려 있었고 위에는 천장화가 있었다. 왕국이었던 시절이 없는 미국이지만 워싱턴을 신격화해서 표현한 것이 특이했다. 어쩌면 짧은 역사를 가진 그들에게 있어 워싱턴의 존재는 제우스에 비견되나 보다. 사진을 찍고 옛 상원 회의실과 하원 회의실, 50개의 동상을 구경하고 투어를 마쳤다. 그리고 연결된 지하 통로로 국회 도서관인 토머스 제퍼슨 빌딩으로 넘어갔다. 고풍스러운 국회 도서관을 내려다보고 거리로 나섰다.

거리를 걷다가 많은 사람이 모여 있길래 봤더니 대법원이었다. 대법원 앞에서 시민들이 뜨겁게 시위하는 풍경이 보였는데 기자들과 카메라, 이들을 비추는 조명들을 보니 이곳이 정치 중심지답다는 생각이 들었다. 하지만 무엇보다 그와 상반되게 반대편에 잔디가 깔린 넓은 공원에서 또 다른 시민들이 운동하는 모습이 한가로워 보였다.

모네의 그림 앞에서

다음으로 유수의 워싱턴의 박물관 중 개인적으로 가장 기대가 많았던 내셔널 갤러리에 도착하여 둘러보았다. 우리말로 국립 미술관인 내셔널 갤러리는 본래 국가에서 처음부터 만든 것은 아니고 재무부 장관을 역임했던 멜렌이 기증하여 이를 토대로 1941년에 문을 열어 총 3만 점이 넘는 작품을 소장하고 있다고 했다. 두 개의 건물이 있는데 서관은 고전 미술 위주이고 동관은 현대 미술 전시라서 우리는 바로 서관으로 이동했다. 역시 어머니와 아내, 아이는 셋이 같이 다니고 나는 제일 길게 집중해서 감상했다. 중세 미술부터 르네상스,

인상파 등 유럽 예술가들의 그림을 보고 있자니 런던과 파리의 미술관들이 떠올랐다. 자국 작가들의 그림도 있지만 이러한 퀄리티 있는 작품을 스스럼없이 전시하며 무료로 전시하는 수준에 대해 놀라울 뿐이었다. 아내와 어머니는 소파에 아이를 두고 번갈아가며 쭉 미술관 스캔을 했다. 내가 보고 왔을 때 아이와 어머니는 한글 읽기, 숫자 퀴즈를 내면서 기다리고 있었다. 나가기 전에 그림에 전혀 관심 없는 아이를 데리고 제일 유명한 고흐, 고갱, 르누아르, 모네 등의 작품 아래서 사진을 찍어줬다. 나중에 미술 시간에 그림을 마주치면 아마 알아차릴 거라는 기대감과 함께 사진으로 남겼다. 다소 늦은 점심은 지하 푸드코트에서 먹었다. 그릇에 음식을 담고 무게를 달아 가격을 내는 건데 괜찮은 가격으로 먹을만했다.

내셔널 갤러리

항공우주박물관 인공위성 앞에서

식사를 마치고 나서 그다음 코스로 아내와 아이가 기대하던 맞은편에 있는 항공우주박물관에 갔다. 이제 아이에게 지도 받아오기와 화장실 묻기는 식은 죽 먹기였다. "Can I get a map?"한 다음 직원이 무슨 말 쓰냐고 물어보면 "Korean!"이라고 하고 "How many?" 하면 "Four!"해서 직원이 하는 질문까지 받을 줄 알았다. 아내는 멀리서 보는 그 모습에 아주 대견해했다. 처음 들어왔을 때 펼쳐진 우주선과 그 전경에 감탄했는데 박물관이 공사 중이라 절반 밖에 전시를 하지 않아 다소 아쉬웠다. 말 그대로 항공우주박물관 중에서 항공 전시는 리모델링 중인 듯했다. 그래도 각종 우주선, 우주복, 장비, 우주에 대한 설명을 보면서 돌아보았다. 아이는 체험 코너를 다 돌고 우주 비행선들을 관심 있게 봤다. 이곳은 그래도 만들어진 지 오래되어서 그런지 규모는 굉장하고 전시품목도 훌륭했지만 체험하는 쪽은 내가 사는 도시의 체험관이 더 좋아 보였다.

짧은 관람을 끝내고 마지막 장소인 허시혼 미술관으로 갔다. 바로 옆 건물이어서 지체없이 관람할 수 있었다. 현대 미술 전시관인데 나와 아내는 그렇게 현대 미술에 관심이 높지는 않아서 작품을 보는 호기심에 방문했다. 사실 몬드리안이나 잭슨 폴록같이 유명한 현대 화가들이 있지만, 작품을 봐도 고전 미술을 보는 만큼의 감정을 느끼지 못해서인 듯했다. 그래도 직관적인 작품 속에서 생각을 많이 하게 하는 힘이 현대 미술에 있어서 그 매력 또한 컸다.

허시혼 미술관

워싱턴 한식당에서 우리의 메뉴

워싱턴 한복판에 자리 잡은 스미소니언 박물관들은 어린 시절부터 꿈꾸던 장소였다. 어릴 때 책에서 보던 그 사진 속에만 등장하는 이 공간을 직접 걷고 눈으로 본다는 것이 신기하고 좋았다. 이곳에 머물면서 내셔널 갤러리, 자연사 박물관, 항공 우주 박물관, 미국 역사 박물관 등 주요한 곳들을 다 봐서 다행이었다. 저녁 먹기 전에 스타벅스에서 커피 한 잔씩을 하며 피로를 녹였고 저녁 식사는 인근에 저렴한 가격으로 한식을 맛볼 수 있는 한식당에 갔다. 레스토랑은 아니고 테이크 아웃을 할 수 있으면서 식사할 수 있는 곳이었는데 종류는 비빔밥과 국수로 토핑이나 쌀, 면 종류도 다르게 할 수 있었다. 주문한 음식들은 한국의 비빔밥, 국수와 무언가 같으면서도 많이 달랐다. 약간 잡탕 같았으나 쌀과 채소들을 만난 것에 감사했고 다들 감사하게 깨끗이 먹었다. 이렇게 워싱턴의 마지막을 끝내고 내일 드디어 마지막 숙소가 기다리고 있는 도시인 뉴욕으로 간다. 샤워하려고 물을 틀면 석회수가 나오던 워싱턴의 호텔과도 이별이었다.

국회 의사당

국회 도서관 내부

NEWYORK, NEWYORK

2020년 1월 23일(11일째)-뉴욕 맨해튼

아이는 새벽 4시에 일어나서 나를 깨웠다. 물을 달라고 해서 나는 아이에게 물을 먹이고 결국 잠에서 깨서 계속 뒤척였다. 원래 아침 6시 반에 아내와 달리기 약속이 되어 있었는데 잠을 설친 탓에 나와 아내는 잠의 유혹에 빠져 결국 아침 조깅은 못했다. 푸르른 워싱턴의 하늘 아래 뛰지 못한다고 생각하니 아쉬움이 있었지만 순간의 잠이 더 소중하게 느껴졌다. 마지막 조식을 먹고 짐을 챙겼다.

오늘은 뉴욕으로 이동하는 날인데 비행기가 아닌 버스를 타고 이동했다. 우버택시를 타고 서둘러 버스가 출발하는 워싱턴 유니언역에 도착했다. 직원에게 물어봐서 버스 터미널은 금방 찾았다. 뉴욕행 버스를 찾고 우리가 예약했던 자리에 앉는 것도 순조로웠다. 대신 나는 캐리어를 버스 트렁크에 싣는데 무게가 초과돼서 10달러를 내야 했다. 짐을 싣는 직원에게 캐리어가 무거워서 미안하다는 말을 했던 건데 무게를 간이 저울로 재더니 바로 금액을 이야기하길래 의아했다. 버스에서 캐리어 무게 초과 요금이라니 처음 듣는 소리여서 다소 황당했지만 상황을 복잡하게 만들고 싶지 않아 쿨하게 10달러를 냈다. 어쩌면 내가 실제 있는 규정인데 잘 몰라서 그렇게 생각할 수도 있었기에 어쨌든 우리는 미리 예약한 4명이 마주 보는 자리에 앉아서 워싱턴을 벗어났다.

뉴욕 가는 버스 안에서

워싱턴에서 뉴욕까지 장장 고속도로를 5시간 정도를 달려 도착하는
데 아이는 어머니와 미로 찾기 게임을 한참 하다가 나와 버스 안에
있는 화장실을 가고 간식으로 사 온 초콜릿 스틱을 맛있게 먹었다.
남아 있는 초콜릿은 작은 스푼으로 야무지게 퍼먹었다. 아내는 내내
잠을 자고 나는 핸드폰을 하면서 주변 풍경을 보다가 하면서 갔다.
아이는 잠을 전혀 자지 않아서 나와 디즈니랜드 사진들을 보고 미로
찾기 게임도 하며 놀았다. 차창 밖으로 지나가는 풍경들을 보니 어
느덧 마지막 도시를 향해가는 게 끝나가는 여행이 보이는 것 같아
아쉬움이 남았다.

오후 2시 반이 되자 저 멀리 높은 건물들이 마구 솟아있는 뉴욕 맨
해튼이 보였다. LA와도 워싱턴과도 다른 도시 풍경이었다. 그리고
대중 매체에서 하도 많이 등장한 곳이라 한 번도 방문한 적 없던 나
도 알법한 거리 풍경이 보였다. 거리의 사람들과 빵빵거리는 도로의
정체, 노란 택시들 지금껏 보아온 뉴욕 그 자체였다. 무사히 도착해
서 다들 내렸는데 날씨가 생각보다 돌아다니기에 별로 춥지는 않았
다. 토론토에서의 온몸이 얼어붙는 추위와 비교하면 초겨울 같은 날
씨였다. 워싱턴보다도 따뜻해 보였다. 하지만 평일 목요일 오후 3시
인데 인파가 어마어마했다. 자동차와 사람들로 도로며 인도며 복작
거렸다. 지금까지 다녀본 도시와 매우 달랐고 서울보다 복잡한 듯했
다. 아무래도 사람들이 다니는 길도 좁고 도로도 생각보다 넓지 않
아서 그런지 다닥다닥 붙어 있는 마천루들을 보고 있자니 뉴욕의 공
기에 숨이 막힐 듯했다.

맨해튼에 위치한 호텔은 우리가 내렸던 곳에서 거리가 조금 있었지
만 걸어갈 만해서 수많은 인파를 헤치고 몇 블록의 횡단보도를 건너
무사히 도착했다. 도착한 호텔도 뉴욕을 방문한 전 세계의 관광객들
로 북적거렸다. 카운터에 체크인을 한 다음 15분을 대기하고 방을
받았다. 체크 인 시간보다 조금 일찍 가서 그런지 높은 층인 34층을
받았다. 워싱턴에서 머물던 크기와 비슷했는데 가격은 조금 더 저렴
했던 호텔 방에 도착해 창문 밖을 보니 근처 빌딩들이 내려다 보였
다. 이 분위기를 이어서 얼른 서둘러 뉴욕의 거리로 나왔다.

역세권에 위치한 호텔이고 뉴욕의 관광 명소들이 다 이 근처에 있어서 도보로 다닐 수 있는 곳에 위치했다. 조금 걸어가니 세계 모든 기업들이 최고로 치는 광고판 거리 타임스퀘어와 미국 뮤지컬의 성지 브로드웨이가 나왔다. TV에서만 보던 그곳에 우리가 있었다. 이 구역을 크게 걸어보고 싶은 우리는 철강왕 앤드루 카네기의 기부로 만들어진 카네기홀, 영화 티파니에서 아침을 첫 장면에 오드리 헵번이 갔던 6번가 티파니를 지나 유명한 베이글 가게에서 연어 베이글과 블루베리 크림치즈 베이글을 주문해 먹었다. 뉴욕에 유대인들이 많이 살아서 그런지 베이글이 유명하고 특히 연어 베이글은 뉴욕을 대표하는 음식 중 하나여서 먹어봤는데 꽤 괜찮았다. 점심을 거른 상황이라 빈속이어서 다들 맛있게 먹었다. 아이는 베이글 안에 들어간 연어가 맛있다고 좋아했다.

뉴욕 베이글

타임스퀘어에서 아이와 어머니

이제 저녁 식사를 하러 뉴욕 스테이크 하우스에 갔는데 레스토랑에
자리가 없어서 어디를 갈지 찾다가 결국은 브라질 요리를 파는 레스
토랑에 갔다. 우리가 들어왔을 때 한가하니 자리가 있었는데 후에
사람들이 계속 들어와 바글바글 한 상태로 식사를 하게 되었다. 오
늘의 디너로 감자 새우크림, 구운 연어, 소고기 스테이크와 리소토를
주문했다. 쌀쌀한 밤 날씨에 아이를 위해서 치킨라이스 수프를 주문

해 같이 먹었다. 여기는 브라질 음식점이니 아이에게 감사합니다는 영어 '땡큐'가 아니고 포르투갈어 '오브리가도'라고 알려줘서 말하게 했다. 아이가 종업원에게 고맙습니다(Obrigado)를 포르투갈 말로 하자 아주 신기해했다. 서비스로 나온 밥과 콩 소스까지 모두 깨끗이 비웠다. 가게 문에서 나왔는데 길에서 애완견을 데리고 걸어가는 여자와 아이가 부딪혀 아이가 넘어졌다. 다들 놀라고, 사과 없이 지나간 그 여자의 행동에 나는 화가 나서 걸어가는 여자에게 화를 냈는데 아이는 내가 본인에게 화가 난 줄 알고 눈물을 보였지만 아닌 줄 알고 풀었다. 뉴욕의 다른 면모를 보게 된 일이었다.

브라질 레스토랑에서 첫 저녁식사

밤의 타임스퀘어

뉴욕의 밤거리를 느껴보기 위해 타임스퀘어로 가자 이곳은 현실이
아닌 듯한 공간이었다. 태양처럼 번쩍이는 거대하고 셀 수 없는 전
광판 아래서 수많은 사람이 사진을 찍고 구경하고 오고 가고 있었
다. 우리나라에서 보신각 타종처럼 연말에 꼭 등장하는 타임스퀘어
는 이런 평일에도 전 세계에서 모인 사람들로 인산인해를 이루고 있
었다. 세계의 중심에 선 듯 대단한 광경이었다. 아이는 그냥 지나치
지 못하고 이곳에 있는 m&m초콜릿 매장에 가서 뉴욕을 기념할 만

한 작은 자유의 여신상 초콜릿 상자를 샀다. 밤이 깊어도 그칠 줄 모르는 인파를 뒤로하고 호텔로 돌아왔다.

이렇듯 거대한 세계의 수도 뉴욕이지만 막상 몇 시간 다녀보니 하도 많은 사람이 바삐 다니기에 다소 좁은 길은 다른 사람들 가는 길을 막게 돼서 둘 이상은 나란히 못 걷는 듯했다. 다른 도시에서는 오히려 과장되게 들려서 수십 번 듣던 'Sorry'도 전무한 이곳 뉴욕의 첫날이 조금 피곤하기도 했다. 미국 사람 중에서도 뉴욕은 미국이 아니라고 말하는 사람들이 있는데 그게 무슨 말인지 이해가 갔던 하루였다. 호텔에 와서 씻고 나와 아내는 오늘 마지막으로 할 일인 빨래를 위해서 호텔 지하실에 있는 빨래방에서 빨래를 돌렸다. 그런데 쿼터 동전 8개가 필요해서 근처 빨래방 갔다가 교환이 안되어서 호텔 앞 편의점에서 물건을 사고 양해를 구했더니 직원이 군말 한마디 없이 쿨하게 바꿔주었다. 알뜰하게 빨래까지 다 하고 다들 뉴욕의 첫날밤을 마무리했다.

뉴욕 시내

타임 스퀘어

세계의 수도, 뉴욕

2020년 1월 24일(12일째)-맨해튼, 브루클린

뉴욕의 아침

나와 아내는 6시 반에 일어나 고대하던 센트럴 파크 조깅을 나섰다. 센트럴 파크는 도심 공원의 대명사로 맨해튼 안에 있는 직사각형 형태의 거대한 공원이다. 도시가 개발되고 발전을 거듭하면서 시민들에게 영국 런던의 하이드 파크처럼 휴식 공간을 제공하기 위해 만들어진 공원으로 또 하나의 상징 역할을 톡톡히 하고 있다. 해가 뜨기 시작한 뉴욕의 거리를 나서니 한겨울이 무색하게 춥지가 않다. 손이랑 귀가 전혀 시리지 않았다.

신호를 봐가며 20분 정도 달리니 센트럴 파크가 눈앞에 나타났다. 빌딩 숲속 푸른 잔디와 숲길이 한적하기 그지없었다. 모여드는 러너들 사이에서 10분 정도 뛰어보니 땀도 나고 뉴욕이란 도시 안에 진정 휴식을 한 것 같았다. 떠오르는 해를 보며 호텔로 돌아왔다. 호텔 식당이 넓지 않아 사람들로 붐비기 때문에 방에 가져다가 먹을 수 있었다. 그래서 조식으로 여러 가지 챙겨서 방으로 가져온 다음에 다들 나눠 먹었다. 준비를 끝내고 내려와서 커피를 받고 있는데 호텔 서버가 나의 패션을 쿨하다고 칭찬했다. 전에 쉐이크섹 버거에서 나의 모자, 워싱턴 초상화 박물관에서 나의 재킷 칭찬을 받았는데 모두 흑인들이라 이곳의 흑인들은 나의 패션이 마음에 드는 건지 칭찬 같은 표현은 스스럼없이 했다.

여러 의미로 유명한 뉴욕의 지하철을 타고 맨해튼 남쪽으로 내려가 원 월드 트레이드 센터 쪽으로 갔다. 먼저 911 메모리얼에 갔다. 2001년 9월 11일 당시 쌍둥이 빌딩이라고 불리는 세계무역센터를 강타한 테러에 완전히 이 주변이 붕괴되어 그때 희생된 사람들을 기리는 공간이자 그 당시 피해를 기억하는 공간으로 만들어 놓은 곳이었다. 그때 나는 고등학교 3학년이었기에 정확히 뉴스와 신문에서 봤던 장면들이 떠올랐다. 차분하면서도 희생된 사람들 하나하나의 삶을 조망하고 남아 있는 사람들에게 그들을 기억하고 추모할 수 있게 만들어 놓았고 피해받았을 당시 잔해들도 남겨 놓아 사람들에게 보여주었다. 아이는 어떤 일인지 잘 이해하지 못해서 옛 세계무역센터 자리에 있는 거대한 폭포 기념물 앞에서 9.11 테러에 대해 설명해줬다. 이 안에서는 세계무역센터 기둥의 잔해와 희생된 사람들 사진 등을 숙연하게 둘러봤다. 희생된 사람들 전부에 대해 그 삶을 기록해 놓은 것이 가장 인상 깊었다.

그라운드 제로

뉴욕 전경

다음은 원 월드 트레이드 센터 전망대로 가서 무거운 분위기를 환기
시키기로 했다. 102층까지 1분 만에 도착했는데 엘리베이터 안에서
뉴욕의 시대별 도시 발달에 관한 영상을 보았다. 컴퓨터 그래픽으로
뉴욕의 초기부터 지금까지의 도시 모습이 재현되는데 꽤나 흥미로웠
다. 영상이 끝나고 어두운 스크린이 올라가면서 맨해튼 다리와 뉴욕
의 마천루가 한눈에 펼쳐졌다. 다들 절로 탄성이 나는 광경이었다.
100층 전망대로 내려가 로어 맨해튼의 360도 전망을 감상했다. 멀
리 브루클린 브리지, 엠파이어 스테이트 빌딩, 자유의 여신상까지 걸
어가는 곳마다 뉴욕의 랜드마크가 있었다. 내려가기 아쉬운 풍경이
었지만 오후 1시 크루즈를 타기 위해 지상으로 내려왔다. 나는 이
풍경을 간직하기 위해 동영상으로 촬영했다.

아이와 비교해 거대했던 황소상

좀 더 아래 지역으로 내려가 볼링그린 파크로 갔다. 뉴욕에서 가장 오래된 공원인 이곳이 수많은 관광객을 끌어들이는 이유는 바로 월 스트리트의 상징인 돌진하는 황소상이 있기 때문이다. 이미 많은 사람이 줄을 서서 황소상 앞에서 사진을 찍기 위해 기다렸다. 자본이 가지는 위력은 보이지 않게 일군의 관광객들을 줄 서게 만들었다. 우리는 굳이 줄 서서까지 사진을 찍고 싶지는 않아서 옆을 배경으로 사진을 찍고 뉴욕 증권거래소를 지나 월 스트리트를 걸었다. 항상 주식 시장, 주식에 관련된 문제가 나오면 뉴스에 단골로 등장하는 곳을 걸어보는 것도 나쁘지 않았지만 현대 자본이 가지는 보이지 않는 금융 질서와 이로 인해 날로 심해지는 빈부격차에 대해 변화의 필요성을 생각하면 동경하는 마음이 들지는 않았다.

자유의 여신상을 배경으로

월 스트리트를 걸어서 맨해튼 섬과 리버티 섬 사이를 도는 페리를 타기 위해 피어 15호를 향해갔다. 빌딩 숲을 벗어나 이스트 강변이 주는 또 다른 여유로움이 느껴졌다. 시간대가 아시아 사람들이 많이 신청한 것인지 대부분 한국, 중국, 일본 사람들이었다. 그래도 사람들이 많지 않아서 1층이든 2층이든 여유롭게 구경할 수 있었다. 청명한 하늘 아래 브루클린 브리지를 지나 로우 맨해튼이 보이고 자유의 여신상을 향해 갔다. 자유의 여신상이 가까워지자 사진을 많이 찍었고 찍는 사진마다 작품이 되었다.

자유의 여신상은 뉴욕의 상징이자 미국의 상징으로 빼놓을 수 없는 조각상이다. 프랑스가 1886년에 미국 독립 100주년을 기념하여 선물한 것으로, 에펠탑으로 유명한 구스타브 에펠이 철골 구조 설계와

분해, 조립 역할을 맡았다고 한다. 소위 아메리카 드림을 품고 미국으로 넘어오는 이민자들이 가장 처음 보게 되는 상징으로 유명한데 이민자로 세워진 나라답게 큰 상징이 있는 조각상으로 현재는 세계문화유산으로 등재되어 있다. 리버티 섬을 가지 않고 이렇게 유람선으로 둘러보는 것이 한눈에 자유의 여신상이 보이고 감상할 수 있어서 더 좋았다. 배에서 나오는 뉴욕 관련 노래와 이 풍경이 너무 잘 어우러졌다. 브루클린 브리지를 한 번 돌아 다시 선착장으로 돌아왔다. 뉴욕을 품 안에 전부 담은 즐거운 50분이었다. 배에서 내려 출출해진 배를 채우러 뉴욕 피자가게에 가서 페퍼로니를 비롯한 조각 피자 3종류로 간단하게 허기를 달랬다. 뉴욕에서 베이글, 스테이크와 함께 꼭 먹고 싶은 음식이 피자였는데 이탈리아계 이민자가 많은 뉴욕에서 발전된 이제는 뉴욕을 대표하는 음식이 되었다. 큼지막한 피자를 입안에 넣고 사진들을 감상했다.

페리에서 찍은 맨해튼

우리는 기운을 충전하고 브루클린 브리지를 향해 갔다. 밑에는 자동차가 지나고 위에는 다리를 건너는 도보가 있었는데 날이 좋아서 그런지 관광객들이 바글바글했다. 맨해튼에서 브루클린으로 이어지는 대교로 1883년에 완성되었다고 한다. 맨해튼 브리지와 더불어 뉴욕을 대표하는 다리로 개통 당시에는 세계에서 가장 긴 다리로 알려졌다. 1883년이면 우리나라는 이때 강화도 조약 이후 개항이 한참 진행되고 있을 때였다. 수많은 뉴욕을 배경으로 한 영화에 등장하는 단골 소재인데 지금은 뉴욕 교통량이 많아져 교통 체증을 유발하기도 한다는데 이제는 뉴욕이 가지고 있는 유적 중 하나로 대접받고 있는 다리였다. 어머니는 다리를 지나가면서 여행 기념으로 모으고 있는 마그넷을 2개 구입했다. 다리를 배경으로 사진을 찍고 싶었는데 사람들이 계속 오고 가서 겨우 멋진 사진을 몇 장 남겼다.

브루클린 브리지를 건너고 덤보로 넘어갔다. 덤보에는 브루클린을 상징하는 유명한 사진 명소가 있다. 그곳에 갔을 때 거리에 사람들이 다들 사진 찍고 있길래 처음에는 뭔가 했는데 우리가 찾던 장소였다. 우리도 그 대열에 합류해 멋진 사진들을 남겼다. 그리고 근처 카페를 가려고 했는데 다들 빈자리가 없어서 다시 지하철을 타고 맨해튼 미드타운으로 돌아갔다. 아내가 저녁 식사로 뉴욕 스테이크 레스토랑을 예약해 놓았는데 그쪽으로 간 다음 근처에 있는 카페에 앉아서 커피와 핫초코, 초콜릿 크레페로 에너지를 충전했다. 맨해튼과 브루클린의 엄청난 광경을 모두 담느라 바쁘던 머리와 발을 식혔다.

뉴욕 스테이크

저녁은 어제 미리 예약해 둔 스테이크 전문점이었다. 하지만 문제가
생겼다. 확인해보니 아내가 실제로 예약을 한 곳은 우리가 있던 카
페에서 2km가 떨어진 레스토랑이었다. 이름이 같아서 일어난 해프
닝이었다. 하는 수 없이 예정에 없던 2km를 걷게 생겼길래 다들 그
렇게까지 하고 싶진 않아서 당일 예약이 될까 싶었지만 서둘러 식당
예약을 바꾸고 저녁을 먹기로 했다. 뉴욕 스트립스테이크, 드라이 숙
성 립아이 스테이크, 샐러드, 프렌치프라이를 주문했다. 특급 레스토
랑답게 웨이터가 물도 계속 챙겨주고 매니저가 와서는 고기와 소스
설명도 해주면서 스테이크 그릇을 미리 데워서 각각 챙겨주는 등 특
급 서비스가 있었다. 고기도 부드럽고 맛있었다. 하지만 아내의 표현
으로는 내가 집에서 구워주는 크고 부드러운 고기에 길들어져서 일
까 천상의 맛은 아니라는 평을 했다. 그래도 부드러운 고기를 칼질
해가면서 아이도 잘 먹고 다들 맛있게 먹었는데 사이드로 시킨 감자
튀김이 너무 기름지고 느끼해서 먹을 수가 없었다. 우리를 살펴주는

종업원을 불러 얘기하니 감자튀김을 취소해 줬다. 그렇게 분위기 있는 칼질을 마치고 팁까지 해서 다소 비싼 가격을 내고 나왔다. 프랑스에 온 듯한 착각이 들었던 아주 럭셔리한 저녁이었다.

이제 호텔을 향해 깜깜한 밤거리를 걸어갔다. 중간에 플랫 아이언 빌딩과 아이가 좋아하는 레고 샵을 들러서 고대하던 레고 장난감을 샀다. 어머니가 꼭 아이에게 사주고 싶다고 하셔서 아이도 냉큼 가서 신중하면서도 열심히 골라 샀다. 여행 다니고 있어서 큰 것은 사지 말자고 했더니 자기 품 안에 들어갈 작은 사이즈로 골랐다. 가는 길에 메이시스 백화점 본점이 있어서 호기심에 들어가 봤는데 역사가 오래된 백화점이라 그런지 서울의 오래된 백화점이 연상되는 내부였다. 오밀조밀하게 매장들이 있었는데 인상 깊었던 것은 제2차 세계 대전에 참전했던 회사 직원들 이름을 벽면에 박아놓은 추모판이었다. 나와서는 유명한 엠파이어 스테이트 빌딩을 지나치며 호텔로 가는데 아내의 음주를 위해 호텔 근처 편의점에 들렸다가 한국 컵라면들을 팔길래 그것까지 사고 오늘 밤에 뜻하지 않은 라면 파티를 즐겼다.

브루클린 브리지

맨해튼 브리지

The Met

2020년 1월 25일(13일째)-메트로폴리탄 미술관

오늘은 지금까지 화창했던 날과는 다르게 뉴욕에 하루 종일 비가 오는 날이었다. 8시에 일어나 창문을 걷어보니 축축한 뉴욕이 펼쳐졌다. 여행 기간 내내 날씨가 화창하고 비도 안 와서 최고의 여행 날씨였는데 여행 기간 안에 딱 오늘 비가 온다고 하니 내가 고대하던 메트로폴리탄 미술관에서 하루를 보내기로 했다. 아침에 일어나 어머니와 나는 1층 식당에서 먹을 것을 챙겨서 조식을 가지고 방으로 돌아왔다. 아이와 아내는 오랜만에 늦잠을 잤다. 도란도란 침대 위에서 가져온 음식을 먹고 정리를 한 뒤 비에 젖은 거리와는 다르게 산뜻한 기분으로 나섰다.

비 내리는 뉴욕, The Met 앞에서

비 오는 뉴욕 거리로 나서서 예약해 둔 우버 택시를 탔다. 덕분에 비를 안 맞고 센트럴 파크를 가로질러 메트로폴리탄 미술관에 도착했다. 호텔이 센트럴 파크와 멀지 않은 거리에 있어서 금방 도착할 수 있었다. 거대한 외관이 우리를 맞이 했는데 하나같이 영국박물관, 런던 내셔널 갤러리, 워싱턴 내셔널 갤러리 같은 곳들은 거대한 그리스 신전처럼 굵직한 기둥으로 멋들어지게 건축이 되어 있어서 이곳에 훌륭한 작품들이 잠들어 있기에 부족함은 없어 보였다. 다만 대다수가 자국의 소유물이 처음부터 아니었다는 점만 빼고 말이다.

메트로폴리탄 미술관은 메트(The Met)라고 줄여서 말하기도 하는데 대개 기증을 통해서 소장품이 증가되었고 후원금 등으로 수집된 작품들이 있어서 총 300만 점이 넘는다고 한다. 1866년 7월 4일 미국의 독립기념일에 프랑스 파리에서 미술관 설립에 관한 이야기가 등장하고 1870년 뉴욕 시민들의 노력으로 개장을 했다고 전해진다. 그리고 센트럴 파크로 이전한 다음 확장을 거듭하여 지금과 같은 거대한 규모로 세계 최대급 미술관의 위상을 가지게 되었다. 국립으로 지어진 것이 아닌데도 불구하고 이러한 작품들이 모여 있다는 사실이 신기했다.

미술관답게 수많은 미술 작품들이 있었지만 그에 못지않게 박물관이라고도 불리는 명성처럼 유적, 유물들도 아주 충실했다. 그리스, 로마 미술과 중세 유럽은 물론이고 아프리카, 아즈텍, 잉카, 이집트, 서아시아, 중국, 인도, 일본, 우리나라, 동남아 등 아시아 관련 유물

들이 작품도 어마어마하게 소장되어 있었다. 처음 보는 아시아 문화
재가 워낙 많아서 어떻게 이 모든 것들이 관련 없는 뉴욕으로 흘러
들었는지 유물들의 이동에 대해 각각의 사연을 들어보고 싶다는 생
각이 들 정도였다.

감시 휴식 타임

오전 10시 반이었는데 로비는 몰려든 사람들로 발 디딜 틈이 없었
다. 다들 우리와 같은 심정이었는지 주말인 데다가 비까지 내려서
이리 왔나 싶었다. 미리 끊어둔 표를 바꿔서 입장 스티커를 모두 붙
이고 먼저 보이는 이집트관으로 들어갔다. 나는 샅샅이 둘러보고 어
머니와 아내는 중간, 아이는 너무 관심이 없었다. 처음 보는 유물들
에 정신이 뺏겨 시간이 가는 줄도 몰랐다. 상형문자, 미라, 당시 공
예품들도 이색적이었지만 당시 프톨레마이오스 왕조 지배로 인한 영
향인지 그리스인 미라가 인상 깊었다.

아이는 아내에게 "엄마, 사람들은 왜 돌을 보는 것을 재미있어해요?" 하고 물었다. 지루해하는 아이 때문에 결국 어머니와 나는 같이 다니면서 보고 아내랑 아이는 둘이서 남았다. 이집트관 관람이 끝나고 우리는 박물관 기념품 매장 장난감 코너에서 만나 잠시 머물렀다. 아이는 여기가 제일 재미있었다고 했다. 아내가 아이를 돌보느라 고생을 했다. 어머니가 아이에게 선물 하나 한다고 해서 뭐가 제일 마음에 드는지 물어봤을 때 아이는 고민하지 않고 미리 봐 두었는지 제일 멋진 금색 기사 피겨 하나를 샀다. 나와 아내 같았으면 퀄리티 대비 가격이 아까워 절대 사주지 않았을 테지만 손자를 사랑하는 어머니의 마음과 재미도 없는 공간에서 몇 시간씩 어른들과 다녀야 하는 아이의 마음이 만나 피겨가 아이 손에 쥐어지게 되었다.

미국 미술관이라 그런지 미국 화가들의 그림도 꽤나 많이 있었는데 그쪽 파트를 보고 나서 아내가 많이 지쳐있었기에 로비 카페로 갔다. 원래도 이렇게 사람들이 많은지 수많은 사람이 모여들어서 자리도 겨우 잡고 길게 줄을 서서 겨우 간식거리를 살 수 있었다. 간단하게 한 끼를 먹으려고 샌드위치도 사려 했는데 이미 팔리고 없었다. 결국 과자와 커피를 마시며 한숨 돌리고 다시 구경을 시작했다. 이곳에는 한국관이 있어서 가봤는데 정말 나머지 몇 개의 전시실을 쓰고 있던 거대한 중국관과 인도관 사이에 작게나마 있었다. 이역만리 타국에서 우리나라 작품을 보니 뭔가 마음이 뭉클해졌다. 약탈

문화재로 채워지는 것이 아니라 제대로 우리 한국 전시관이 규모를 키워 기증받거나 교환 전시를 통해 한국의 전통문화가 많은 사람에게 알려지면 좋겠다는 생각을 했다.

한국관 오리모양 토기

2층에서는 르네상스 회화부터 시작해서 드가, 세잔, 반 고흐, 고갱, 터너, 르누아르, 반 다이크, 루벤스, 피카소, 마티스, 모네, 마네, 고야 등의 작품들이 벽에 줄줄이 걸려 있어서 유심히 보았다. 이렇게 미술관을 다니다 보니 화가의 생애와 화풍에 대해 알게 되었다. 유럽에 있는 유수의 미술관에서 소장하고 있는 작가들의 작품 중에서 겹치는 것들도 있었고, 유명한 작가들 작품은 골고루 나뉘어 소장되어 있다 보니 비슷한 그림을 찾아내는 재미도 있었다. 그리고 유명 작가들과 그림들을 오롯이 보면서 매력에 빠질 수 있는 미술관은 우리나라에서 좀처럼 만날 수 없는 최고의 선택이라 아이도 이런 재미를 아는 나이가 하루빨리 되었으면 좋겠다. 나는 유명 화가들의 작품도 좋았지만 이집트 문명의 문화재를 전시한 부분이 제일 기억에 남았다. 예전 영국박물관에서는 시간이 많지 않아 쓱 보고 지나쳤는데 이곳에서는 그래도 하루 종일 시간이 있어서 다양하고 정교한 유물들을 그나마 꼼꼼히 볼 수 있었고 처음 보는 이집트 문화재도 여럿 있어서 더 관심 있게 보게 되었다. 역시 이런 미술관이나 박물관을 올 때면 작품 때문에 사진도 많이 찍게 되는 듯했다.

생각해보면 이집트, 인도, 중국 그리고 우리가 세계사를 다룰 때 정말 간단히 다루는 나라들조차 몇천 년의 역사를 간직하고 있는데 그러한 나라들의 문화재들이 돌고 돌아 이곳 뉴욕에 함께 잠들어 있다는 것도 아이러니였다. 지금이야 이렇게 보안이 철저하고 튼튼한 박물관의 유리관 안에 잠들어 있지만 여기에 오기까지 얼마나 많은 고초를 겪었을지 유물들이 이야기를 한다면 눈물 없이는 못 들을 것 같았다. 거대한 박물관을 돌다 보니 바깥은 깜깜해지고 비도 그쳤다. 배고프고 다리도 아픈 우리는 저녁 7시가 다 되어 미술관을 나섰다. 하루 동안 9시간 정도를 내내 작품 보는데 쏟아부은 것이다. 아내와 어머니도 대단했지만 그 시간 동안 참고 같이 다녀준 아이도 정말 대단했다.

저녁을 먹으러 근처 레스토랑에 갔는데 인기가 많아서 예약 없이는 자리도 없다. 그래서 아내가 마침 가고 싶었던 할랄 음식 푸드트럭을 향해 2km를 걸어서 갔다. 푸드트럭이었기 때문에 길에 서서 먹어야 했다. 어머니는 이걸 모르셨는지 내색은 안 하셨지만 당황한 듯했다. 사실 나도 그런 줄 모르고 갔다가 그래서 죄송한 마음이 들었다. 그래도 다들 배고픈 와중이라 열심히 먹었다. 아이는 맛있다고 좋아했다. 디저트로 컵케이크와 푸딩을 사서 다시 휘황찬란한 타임 스퀘어와 브로드웨이 42번가를 지나서 사람들의 홍수를 헤치고 호텔에 도착했다. 아이는 나와 레고 만들기 대회를 하고 어깨가 뭉친 나를 위해 안마를 해주었다. 여유 있을 줄 알았던 오늘도 두 눈에 수많은 그림과 유물을 눈에 담고 마음에 남겼다.

메트로폴리탄 미술관

미술관 내부

Boston trip

2020년 1월 26일(14일째)-보스턴 구시가지, 하버드 대학교

뉴욕 맨해튼의 새벽

새벽 5시 알람 소리에 맞추어 나는 눈을 떴다. 깜깜한 가운데 화장
실 쪽에서 새어 나오는 옅은 불빛이 눈앞을 구분하게 해주었다. 이
불 밖으로 느껴지는 새벽 공기가 다소 쌀쌀했다. 어젯밤에도 늦게
잠을 청했기에 일어나는 게 힘들지 않을까 걱정했지만 깊게 잠을 잤
는지 아니면 오늘 또 다른 여행지를 간다는 생각에 다소 긴장되었는
지 잠을 깨는 게 어렵지 않았다. 이어서 어머니와 아내도 일어났다.
아직 만 5세밖에 되지 않은 아이는 아직도 한참 침대의 포근함을
느끼고 있다.

짐을 간단히 싼 후 아이를 깨워 어스름을 등지고 뉴욕 거리로 나갔
다. 하루 종일 시끄러운 도시도 이 시간만큼은 잠시 숨을 고르는지

214

바삐 지나가는 사람들, 경적을 울려대는 차들은 거의 없었다. 낯선 도시에서 이방인으로서 거리를 배회한다는 것은 유쾌하면서도 때론 긴장감을 갖게 하는 감정소비의 원인이 되었다. 그렇게 찬 공기를 가르며 보스턴으로 가는 버스를 찾아 걸었다. 거대한 이층 버스는 우리를 온전히 먹겠다는 듯이 이미 입을 벌리고 있었다. 버스에 올라 자리에 앉고 이내 버스는 출발했다. 온갖 세상 언어가 들리고 인파가 북적이고 경적 소리가 가득 담긴 불야성의 뉴욕도 잠에서 깰 준비를 하고 있었다. 여명이 밝아오는 도시의 스카이라인은 어느 고전 영화에서 보듯 낭만적으로 보였다. 승객들을 태운 버스는 길게 뻗친 도로를 끝없이 달려갔다. 주변은 건물, 나무, 들판으로 바뀌어가고 다시 많은 건물로 뒤덮인 도시가 나오니 보스턴에 도착했다.

보스턴은 미국 매사추세츠 주에 위치한 도시로서 주 자체가 미국에서 가장 역사가 오래된 주이다 보니 보스턴 역시 미국에서 역사가 오래된 도시라 영국 식민지 시절 건물들이 도시 풍경을 만들어주고 있었다. 인구는 내가 사는 도시와 비슷한 듯했는데 광역권으로 묶여 도시들이 연달아 있다 보니 훨씬 규모가 커 보였다. 이곳은 미국 건국 초기부터 중심지였기 때문에 백인, 영국인, 개신교로 일컬어지는 계층이 휘어잡고 있었다. 물론 지금은 그 계층의 영향력이 많이 줄어들기는 했다. 미국 역사에서는 그 유명한 보스턴 차 사건(Boston Tea Party)으로 독립 전쟁의 시발점이 된 곳이기도 하다. 필라델피아, 뉴욕과 더불어 미국을 대표하는 도시였기에 이곳 역시 상당히 컸으나 마땅한 항구도 없고 평야가 넓은 것도 아니라 시간이 지날수록 정체되었지만 세계 최고의 대학으로 이름 높은 하버드 대학교, MIT를 비롯한 유명한 대학들이 위치하면서 교육 도시로 큰 명성을 떨치게 되었다. 도시 안에만 대학이 36개라고 하니 조금만 걸어가다 보면 대학교가 등장하는 도시였다. 우리가 잘하는 하버드, MIT 이외에 보스턴 대학교, 노스이스턴 대학교, 버클리 음대, 보스턴 칼리지 등이 이곳에 있다.

프리덤 트레일 시작

우리가 있는 곳은 보스턴

버스터미널에서 아침에 미리 싸 온 남은 음식들을 먹어치웠다. 그리고 보스턴 거리를 걸어 프리덤 트레일의 시작점인 보스턴 코먼 공원에 도착했다. 햇볕이 쨍쨍한 화창한 날씨였기에 뉴욕보다 북쪽에 있어도 걷는데 문제가 없었다. 건물도 뉴욕과는 확연하게 분위기 차이가 났다. 프리덤 트레일은 1958년 지역 저널리스트였던 윌리엄 스코필드가 시작했는데 보스턴의 역사와 문화를 알리고자 보스턴 유적지구를 도보로 걸을 수 있게 계획한 것이다. 그래서 현재 9개의 유명한 역사 유적지가 하나의 길로 연결되어 있고 이 길을 찾아가기 편하게 벽돌이나 페인트로 칠해 처음 오는 사람들도 불편함 없이 이용할 수 있도록 했다. 이 프리덤 트레일은 내가 대학생이던 시절에 전공 강의로 들었던 미국사 교수님께서 말씀해주셔서 처음 알았는데 그때 생각이 잠깐 났다. 따로 가이드북을 사지는 않고 인터넷의 후기 설명을 보면서 총 4km 정도의 프리덤 트레일을 따라 걸었다. 길이 따라오라고 표시되어 있으니 지도 찾을 것도 없이 편했다. 가는 길에 만나보았던 의회, 교회, 집회장, 선박 등을 살펴보며 미국 독립의 시작이 된 자랑스러운 도시에 대해 알 수 있었다. 보스턴은 영국 식민지 시기와 독립 전쟁 시기의 유적이 많아 미국의 아테네라고 불린다고 했다.

1시간 정도 걸릴 줄 알았는데 생각보다 긴 3시간 정도 프리덤 트레일 워킹을 하고 우버 택시를 이용해 하버드 대학교로 갔다. 세계에서 가장 유명한 대학이자 명문대라고 생각하면 제일 먼저 떠오르는 대학인 아이비리그 최고의 대학은 미국에서 가장 오래된 대학교이기도 했다. 죽으면서 재산의 절반을 기증한 존 하버드 동상에 가서 발등에 손을 대고 사진을 찍는 이벤트도 진행했다. 역시 그의 발등은 수많은 사람이 만진 덕분인지 번들거리고 있었다. 마침 사람들이 거의 없어서 별로 기다리지 않고 바로 찍을 수 있었다. 왜 이걸 해야 하는지 모르는 아이에게는 이 학교 다니면 장난감을 원 없이 살 수 있다고 하니 오고 싶다고 했다. 아내는 여기 와서 좋은지 사진을 이곳저곳 찍는 거에 요구사항이 많았다. 기념품 샵에 가서 아이에게 줄 모자를 하나 샀다. 이 주변은 영화 '굿 윌 헌팅'에 나온 곳인데 아내가 이 영화를 무척 좋아했기에 아내가 느끼는 감정은 남달랐다.

존 하버드 동상에서

다시 우버 택시를 이용해 보스턴이 자랑하는 퀸시 마켓에 갔다. 아내가 찾아놓은 랍스터 샌드위치 가게에 가서 랍스터 샌드위치 3개, 크랩 샌드위치 1개, 조개 차우더 수프 1개, 랍스터 수프 1개, 콜라 1개를 주문해서 먹었다. 나는 비교당하는 랍스터가 기분 나쁘겠지만 인 앤 아웃 버거 다음으로 미국에서 최고의 음식이라고 극찬했다. 정말 단순하게 빵 사이에 랍스터 살이 가득 차 있었는데 맛은 심플하면서 신선하고 랍스터의 풍미가 살아있는 샌드위치였다. 먹다 보니 목이 막혀 혹시 콜라 리필이 될까 싶어서 물어봤는데 종업원이 원래 리필이 안 되는데 관광객이라서 해준다며 리필을 해줬다.

먹고 난 후 천천히 보스턴의 올드타운을 걸어서 버스 터미널에 도착했고 다시 5시간을 달려 뉴욕에 도착했다. 아이는 잠 한숨 안 자고 다섯 시간 동안 조잘조잘 떠들었다. 어둠이 내리깔린 맨해튼에 들어서서 길이 막히자 목이 마르다고 징징대며 "I can hold it any more!"하자 옆에 있던 사람들이 아이를 보고 웃었다. 호텔에 돌아가는 길에 유명한 뉴욕 피자 가게에서 내가 사랑하는 음식인 페퍼로니와 치즈 조각 피자를 사서 들어갔다. 창밖에 빛나고 있는 뉴욕의 야경을 보며 12시 넘어서 잠들었다.

랍스터 샌드위치

보스턴 전경

하버드 대학교 앞

Korean fam in NYC

2020년 1월 27일(15일째)-맨해튼 일대

어머니는 홀로 제시간에 일어나서 머리를 드라이하고 정돈했다. 나도 일어나 어머니랑 어제와 같이 조식을 챙겨서 우리 방으로 가지고 왔다. 이것도 한두 번 해보니 익숙해서 그런지 1층 식당에서 트레이에 빵, 음료수, 과일 등을 챙겨 다소 비좁은 엘리베이터를 타고 올라오는 것이 익숙했다. 오늘은 일정에 여유가 있어서 10시가 되어서 나섰다. 저번에 아이가 레고 샵에서 선물로 받은 쥐 레고에 부품이 빠져서 잃어버렸다. 나는 본인 장난감을 챙기지 못하고 레고 잃어버려서 앞으로 안 사준다고 하자 아이는 내가 무서워 나에게는 말하지 못하고 아내에게 잘 떨어지는 부분이라서 잃어버렸다고 아빠 밉다고 삐졌다가 결국 길에서 울었다. 그래서 내가 왜 그랬냐고 물어봐서 아이는 설명하고 결국은 기분이 풀렸다. 일상에서 겪게 되는 소소한 아이와의 감정 교감이 쉬운 듯하면서도 쉽지 않아 보였다.

한가롭게 스케이트를 타는 사람들이 있었던 브라이언트 공원을 지나 뉴욕 공립도서관에 갔다. 거대한 대리석으로 지어진 건물은 3,800만 점이 넘는 도서와 소장품들이 보관되고 있는 세계에서 손꼽히는 도서관으로 내부는 미술관처럼 고풍스러운 장식과 그림들이 가득했다. 공공도서관이 아니라 미술관이나 궁전 같았다. 아이는 팸플릿에 있는 동물 찾기에 열중해서 소, 벌, 사자, 괴물까지 다 찾아다녔다. 나와 아내는 호젓하게 책을 읽고 있는 사람들 속에서 책을 꺼내 들고 잠시나마 이 분위기를 느껴보았다. 명성이 있는 도서관이라 그런지 관광객들이 제법 방문하는 듯했다.

뉴욕 공공도서관에서 조용히 브이(V)

그다음엔 꼭 방문하고 싶었던 센트럴 터미널에 갔다. 세계 최대 규모의 기차역으로 44개 플랫폼이 있는 기차역은 도심 한가운데 있으면서 그 위용이 대단했는데 거리에서 봤을 때는 그만큼 거대한지는 느끼지 못했다. 안에 들어오고 나서야 그 규모에 놀라움을 금치 못했다. 거대한 천장과 그 아래 바삐 오고 가는 사람들, 기둥 하나 없이 그렇게 거대한 공간이 있다는 것이 인간이 만든 건축 기술에 다시금 놀랐다.

그랜드 센트럴 역

사진을 찍고 다들 출출해서 간단히 버거를 먹기로 해서 근처 검색을
해본 다음 파이브 가이즈에서 햄버거를 먹었다. 아이는 공짜로 주는
땅콩 까는 것을 즐거워했다. 나는 버거 중에서는 인 앤 아웃 다음으
로 여기 햄버거가 맛있었다. 저번 LA에서 먹었을 때는 감자튀김이
너무 짜서 먹지 못하고 거의 버렸었는데 여기서는 짜지 않고 입맛에
맞아 다들 잘 먹었다. 탄산에서 한 번 놀랐는데 탄산 자판기가 디지
털로 되어 있어서 콜라를 체크하면 그 종류별로 아이콘이 생겨났고
그중 하나를 클릭하면 자동으로 음료가 나왔다. 그런데 콜라만 그런
것이 아니라 환타, 스프라이트, 루트 비어, 이름 모를 탄산 등 많았
기에 이 나라는 진정 탄산의 나라였다. 신(神)이 우리에게 물을 주었
다면 미국은 우리에게 탄산을 주었다. 나에게 이번 여행 음식 순위
는 인 앤 아웃 버거, 랍스터 샌드위치, 스트립 스테이크, 연어 베이
글, 파이브 가이즈 버거였다. 그리고 보니 죄다 버거 종류에 간단한

225

음식이고 재료도 고기, 빵 위주이다. 채소가 없는 미국 음식이라는 것이 실감 났다.

UN본부 기념품 샵에서 촬영

흐리고 추운 날씨를 뚫고 UN본부까지 걸어갔다. 아이가 어려서 원래 계획에 없다가 근처라서 가깝기도 하고 언제 와보나 싶어서 시간이 남은 김에 가보기로 했다. 언제나 교과서에 빠지지 않고 등장하는 그 건물이 눈앞에 보였다. 세계 평화를 이루기 위한 장소답게 미래 세계를 선도할 각국에서 온 견학생 무리와 전 세계에서 온 방문객들로 와글와글했다. 아내는 방문자 대표 등록하고 사진 출입증도 찍어서 우리 가족을 위한 입장 준비를 마쳤다. 우리는 보안 검색을 철저히 받고 나서 방문자 센터 안으로 들어갈 수 있었다. 아이가 너무 어려서 들어도 무슨 말인지 모르기에 투어를 신청하지 않아서 회의장 안까지는 볼 수 없었다. 로비와 지하만 둘러보고 나왔다. 벽면에 반기문 사무총장 사진도 있어서 아이와 함께 찍었다. 아내는 하버드에서 타이거 마미, 나는 UN에서 타이거 대디였다. 이 와중에 아이는 장난감 생각만 했다.

뉴욕의 야경을 두 눈에 담기 위해 록펠러 센터로 넘어왔다. 록펠러 센터는 이름에서 알 수 있듯이 석유왕 록펠러 재단에서 만든 건물로 세계 대공황 시기에 뉴욕에서 지어진 유일한 마천루라고 한다. 어제, 오늘 온종일 걷느라 지친 아이를 위해 레고 샵에 갔다가 별로 사고 싶은 것이 없어서 바로 근처에 영화 '나 홀로 집에 2'에 등장할 듯한 큰 장난감 매장으로 갔다. 고대하던 트랜스포머 레스큐 봇 아카데미는 없었지만 비슷한 미니로봇을 보고는 마음에 들어해서 하나 샀다. 오후 5시 입장까지 시간이 조금 남아서 지하 카페에서 한숨 돌렸다. 아내의 도전으로 근처에 있는 아마존 고 무인(無人)매장에서 간식도 사 먹어 봤다. 무인매장이라고 해서 아무도 없는 것은 아니고 생긴 지 얼마 안돼서 그런지 매장 담당 직원 1명이 있었다. 먼저 아마존 카드 등록을 하고 들어가서 물건을 집어 들면 자동으로 장바구니에 담기는 시스템이었다. 그래서 몇 번 놓았다가 내려놓아 봤는데 나중에 결제된 걸 확인하니 정확히 우리가 들고나온 것이 결제되었다. 물건을 집어 들고 그냥 나오기만 하면 결제가 되는 시스템이라니 꽤나 낯선 경험이었다.

뉴욕 야경을 배경으로 아내와 아이

시간이 되자 탑 오브 더 록을 보러 갔다. 언제 모여들었는지 그토록 보이지 않던 한국 사람들이 여기서는 엄청 많았다. 이 시간에 들어가는 사람들 대부분이 한국인으로 보였다. 록펠러 센터 67층에 올라서 옥상으로 올라가니 해가 진 직후 뉴욕의 야경이 아름답게 펼쳐졌다. 한눈에 오래 담아두고 싶은 풍경이었다. 나는 어머니, 아내, 아이를 뉴욕 야경에 세우고 사진을 찍어주었다. 특히 뉴욕의 상징 중 하나인 엠파이어 스테이트 빌딩에서 반짝거리는 불빛은 사진의 품격을 올려주었다. 내가 좋아하는 영화인 '시애틀의 잠 못 이루는 밤에'

도 등장하는 빌딩으로 뉴욕 배경의 대중문화에 항상 등장하는 단골 손님이다. 그 근처에는 우아한 모습이 인상적인 크라이슬러 빌딩도 보였다. 세계에서 가장 높은 빌딩을 가지고 싶었던 크라이슬러의 욕망이 빚어낸 이 우아한 곡선미를 자랑하는 건축물도 아름답게 빛내고 있었다. 그렇게 감상을 하면서 혼자 사진을 찍다가 가족을 만났는데 아이가 화장실 변기에 아까 샀던 미니로봇을 빠뜨려서 펑펑 울었다고 했다. 우리와의 인연이 길지 않은 장난감이었다. 장난감 로봇은 한국에서 사기로 하고 마음을 접었다. 한참을 사진으로, 영상으로 이 뉴욕의 야경을 기록했다.

내려와서는 고대하던 베트남 쌀국수를 먹기로 했다. 다들 뜨끈한 국물 요리로 마무리하고 싶었는데 한식당은 제외하고 선택한 것이 쌀국수였다. 호텔 근처에 찾은 맛집으로 가는데 그 지역 이름이 웃기게도 헬스 키친(Hell's kitchen)이었다. 식당으로 걸어가는 길에 타임 스퀘어도 마지막으로 지나가 봤다. 이제 보니 환상 속에서 만들어진 꿈길을 걷는 듯한 풍경이었다. 식당에서 다들 쌀국수를 맛있게 식사한 후 근처 마켓에서 한국으로 가지고 갈 과자를 잔뜩 샀다. 8만 원을 넘게 사니 양손 가득이었다. 호텔로 돌아온 후 짐 정리를 하고 길다면 긴 북아메리카 여행, 마지막 도시 뉴욕의 마지막 밤을 정리했다. 그 여운을 붙잡고자 아내는 하이네켄 맥주, 나는 다이어트 루트 비어로 마무리했다.

UN본부

뉴욕 야경

Come back KOREA

2020년 1월 28-19일(16-17일째)-존 F. 케네디 공항

아침 7시 핸드폰 알람 소리에 나, 아내, 어머니 모두 일어났다. 미국에서의 마지막이자 뉴욕에서의 마지막 아침이 밝아왔다. 다들 정리를 한 후 아이도 일어나서 짐 싸기를 마쳤다. 8시에 1층으로 내려갔는데 운이 좋았는지 한 번에 바로 내려갈 수 있었다. 워낙 높은 층인 데다가 엘리베이터가 단 3대뿐이라 바쁜 아침이면 오고 가는 사람이 많아 잡기가 어려웠기 때문이다. 그나마 우리는 높은 층에 있어서 내려가기 편했지만 중간층이나 밑에 층 사람들은 이미 꽉 차서 만원인 엘리베이터 때문에 잡고도 번번이 놓치지 일쑤였다. 로비에 자리를 잡고 조식을 먹었다. 출국 때문에 시간이 많지 않았는데 이날 조식이 가장 맛있어서 나는 허겁지겁 많이도 먹었다.

그리고 우버 택시를 불러서 JFK공항으로 갔다. 원래는 뉴욕 국제공항이지만 암살된 케네디 대통령 이름을 따서 공항 명칭이 1963년 바뀌었다. 그래서 다들 JFK라고 부른다. 마지막 발길이 되어줄 우버 택시가 와서 무사히 탑승하고 24km 떨어진 공항으로 출발했다. 이번 여행에서는 우리 여행 스타일상 걷기도 많이 걸었지만 우버 택시를 이용해서 참 편하게 다녔다. 일반 택시에 비해 비용이 저렴하지는 않아도 비슷한 가격에 안전하고 바로 갈 수 있다는 장점과 무엇보다 팁을 내지 않아도 되니 불필요한 생각을 할 필요도 없었다. 아내는 지나가는 뉴욕 거리를 눈에 담았다.

JFK 공항에 도착

드디어 도착한 JFK공항 1터미널은 생각보다 아침이라 그런지 차분
해 보였다. 공항은 오래되었지만 각 나라를 대표하는 항공사들이 모
여 있어서 그런지 도착지를 보니 파리, 런던, 로마, 상하이, 도쿄,
인천, 이스탄불 등 세계의 대표도시로 떠나는 비행기들이 상황판을
채우고 있었다. 10시부터 여유 있게 공항에서 대기를 했다. 아이가
있어서 탑승할 때 먼저 탈 수 있도록 배려를 받았다. 일찍 탑승해서
4명이 한 줄로 맨 뒷자리를 차지하고 앉았다. 뒷자리에 사람이 타고
있으면 의자 시트 젖히는 것이 미안해서 애초 예약을 할 때 끝으로
예약했기에 편하게 갔다. 기분 탓인지 좌석 간격이 상당히 넓어 오

고 가는 것도 불편하지 않았고 발도 편히 뻗을 수 있어서 프레스티지석 부럽지 않았다. 총 14시간의 비행 중에서 아이는 첫 7시간은 야무지게 기내식 먹고 만화 영상 보고 비행기에 탑재된 게임을 샅샅이 뒤져서 다 해보고 그다음 5시간은 쭉 자면서 왔다. 아내는 미국 올 때와는 다르게 기내 서비스로 컵라면이 안되어서 아쉬워했다. 아쉽기는 나도 마찬가지였다. 다들 긴 시간을 비행해야 해서 걱정을 했는데 14시간의 비행은 생각보다 평화로웠다. 몇 번 장거리를 타서 적응이 되었는지 이 정도는 견딜만했다.

14시간 동안 평화했던 비행기 안

기내식은 비빔밥

반가운 우리나라, 인천 국제공항에 도착하니 날이 바뀌고 오후 5시
가 넘어 어둑어둑 초저녁이 되었다. 창밖으로 보이는 정렬된 수많은
아파트를 보니 왔다는 실감이 났다. 날짜도 바뀌어서 화요일에 출발
했지만 우리나라는 수요일이었다. 하지만 우리 몸은 아직 미국 시간
에 맞춰져 한밤중이었다. 캐리어 짐이 늦게 나와서 마침 출발 시간
이 된 공항버스 타러 갈 시간이 부족해 보였다. 일단 나는 아이 손
을 잡고 버스를 향해 뛰었고 아내는 예매를 한 다음 우리를 따라왔
다. 온 가족의 달리기 작전으로 떠나기 직전의 버스를 가까스로 탈
수 있었다.

아내의 표현을 빌리자면 너무 유명한 나라에 잠시나마 살아본 꿈같은 16일이었다. 아내는 영어에 관심 있어도 말만 배웠지 그것을 감싸고 있는 문화에 대해선 잘 몰랐는데, 미국인들에게 둘러싸여 지내다 보니 개인주의 문화에 대해서 조금 알게 된 것 같다고 했다. 예를 들어, 음식을 주문할 때도 정해진 메뉴를 고르는 게 아니라 들어가는 재료나 조리 법 소스까지 각자의 취향에 맞춰주는 것과 부딪치면 바로 "Sorry."하고, 화장실에서는 일회용 변기 커버를 까는 등 개인 간의 거리나 접촉에 민감해 보였다. 그러면서도 일회용품을 즐겨 쓰고 분리수거도 안 하는 등 개인의 편의를 극대화하는 이중적인 모습도 보여서 괴리감을 느꼈다고 했다.

인천 국제공항에 무사히 도착

아이는 이번 여행을 하면서 많이 컸고 변했다는 게 느껴졌다. 작년 이맘때 서유럽을 갔을 때만 해도 더블린에서 문이 안 열리는 극한 상황에서만 영어를 했을 뿐 별로 영어에 대한 추억이 없었는데 올해는 딴 사람이 되었다. 단순히 매표소에서 표를 사고 인포메이션 센터에서 지도를 받거나 화장실을 물어보거나를 떠나 개인의 감정도 스스럼없이 이야기하는 통에 오히려 공공장소에는 가끔 아이를 제지해야 될 정도로 자기가 하고픈 말을 적극적으로 하고 있었다. 자신감이 아내보다 더 높아서 아내 입장에서는 많이 뿌듯해했다. 그리고 몸집이 커진 만큼 나에게 안아달라고 하거나 목마 태워 달라는 소리는 거의 하지 않았다. 오히려 힘들어 보이면 내가 먼저 안아주거나 목마 태워 주고 오히려 아이는 본인도 가족으로서 하루 동안 열심히 걸었다는 사실에 인정받고 싶어 했다. 그래서 입으로는 언제까지 걸어야 하냐고 계속 물어봤지만 안아 달라는 말은 하지 않는 끈기를 보였다.

내가 느꼈던 짧은 소견으로는 일단 북미 동부와 서부를 동시에 간 입장에서 서부가 훨씬 따뜻하고 여유로워서 그런지 사람들도 푸근하고 살기 편해 보였다. 날씨 영향을 잘 받는 나이기에 그렇게 생각이 들었나 보다. 뉴욕은 미국이라기보다는 세계 도시라는 느낌이었다. 서울, 상하이, 런던 사람들이 그 나라를 대표하는 대도시이긴 하지만 역설적으로 그렇기 때문에 그 나라의 정체성을 대변하지 못하는 세계 도시인 것처럼 당연히 세계의 수도라고 생각되는 뉴욕은 너무 많은 전 세계 사람들이 오갔다. 툭 치고 지나가는 사람이 파라과이, 독일, 프랑스, 스페인, 인도네시아 등 각지에서 온 사람들이기에 미국 감성은 아닌 듯했다. 예전 아일랜드를 방문했을 당시 더블린에 갔을 때 택시 기사 아저씨가 진정한 아일랜드 문화를 느끼려면 더블린이 아니라 시골로 가야 한다고 했는데 그 말이 무슨 뜻인지 알 것 같았다.

미국의 풍경들은 대중문화에서 눈이 아프게 보았던 풍경들이라 이질감은 전혀 느껴지지 않았다. 오히려 너무 잘 알던 장소에 와서 이렇구나 하고 느꼈다. 그만큼 우리가 미국 문화에 노출이 많이 되었다는 뜻이겠다. 그리고 환경오염의 최일선에 있는 국가라는 생각이 들었다. 캐나다만 해도 환경을 많이 생각하는 것 같았는데 적어도 내가 본 바로는 이곳에서 주로 쓰이는 것은 대부분 일회용품에 분리수거는 없었다. 그저 다 하나의 쓰레기통에 버렸고 버리는 게 음식물 쓰레기와 일반 쓰레기 구분조차 안 하니 평생 분리수거의 세상에서 살았던 나는 너무 놀랐다. 미국인들처럼 살려면 지구가 7개 필요하다는 말을 들었는데 과연 그럴 것 같았다. 많은 생각이 드는 이번 여행도 다들 아프지 않고 무사하게 돌아와서 북미대륙 횡단 여행이 끝났다. 다음 여행지를 또 기대하게끔 하는 자유롭고 해방감 가득했던 여행의 마무리였다. 오랜만에 다들 기억 속에 잠들어 있던 집에 돌아와 냉골 바닥인 방에 뜨끈한 온돌을 켜고 후끈한 한국인의 잠자리를 청했다.

JFK 공항

북극항로를 이용한 비행